新潮文庫

しかたのない水

井上荒野著

新潮社版

8393

目次

しかたのない水

手紙とカルピス

I

昨日、俺は暁子《あきこ》を殴った。

暁子が俺の手紙を読もうとしたからだ。

そもそもその夜はうまくなかった。俺は三日前から性質《たち》の悪い風邪で寝込んでいた。熱はようやく下がったが、食欲がまるでないところに暁子が作ったしょっぱい生煮えの粥《かゆ》を食べさせられてむかついていた。

空き缶を外のごみ箱に出しに行っていた暁子が、ゆうびーん、とふざけながら戻ってきた。この家に来る郵便なんて、督促状かDMに決まっている。俺は顔も上げずに、こたつに寝転がっていた。やだ女からじゃん、と暁子が言った。

ぼんやりしていた俺の頭には、しばらくその意味が伝わらなかった。読んでいい？と暁子が言い、俺はほとんど同時に跳ね起きたが、そのとき暁子の指は、うすみどり色の封筒の端をすでに破きにかかっていた。俺は封筒を暁子の手から引ったくった。

その封筒で、暁子の頬を軽くひっぱたくつもりだった。が、気がつくと手が出ていた。それも拳固《げんこ》が。

休日だというのに朝からべたべた塗りたくっていたファンデーションが溶けかけている暁子の顔に、封筒を近づけたくなかったのかもしれない。が、簡単に言えば、俺はキレたのだ。うすみどり色の封筒の、暁子の手で引き裂かれた破れ目に。

殴られてよろけ、食器棚にすがってようやく踏みこたえた暁子は、きょとんとした顔で俺を見た。一瞬何が起きたのかわからなかったのだろうが、暁子のそういう顔はなかなか可愛《かわい》かった。が、俺の形相は、自分で思っていたよりもずっと険しかったのかもしれない。暁子の顔はたちまち般若《はんにゃ》のようになったが、殴り返してはこなかったから。俺のかわりにこたつ布団《ぶとん》に蹴《け》りをいれると、暁子は玄関のドアをガシャンと閉めて、出ていった。

暁子の行先はわかっていた。どうせ駅前のスナックだ。その店に居合わせた誰彼に、俺のことをくそみそに言いながら、アーリータイムズをばか飲みする。あと一時間くらいしたら、迎えに行ってやるしかないな、と思った。

俺はあらためて封筒を見た。ポテトチップのくずや俺の精液の染《し》みで汚れたこたつ布団のそばでは開けたくなかったので、ベランダに出た。アパートの中でいちばんましに思える場所がベランダだったからだ。

道路の向こうの、俺たちが住んでいるところよりはややましなアパートの窓に、いくつか灯《あかり》がついていた。一二、三、一二、三と俺は何となく数えた。それから、暁子が作った破れ目を慎重に広げて、封筒を開けた。手紙は、いつものように封筒と同じうすみどり色の便箋《びんせん》で、半年ぶりですね、という言葉ではじまっていた。それで俺は、この前手紙が来たときは、暁子と暮らす前だったのだと気がついた。

寒さに震えながら、俺は手紙を繰り返し読んだ。いつものことだが、内容というよりは文字を、絵を見るように眺めた。そのうち歯の根が合わないほど冷えてきたので、さすがに部屋の中に入ったが、その夜は結局、暁子を迎えには行かなかった。

月曜日、朝十一時。

フィットネスクラブ受付のカードリーダに、俺は会員証を差し込む。

風邪はまだ抜けていなかったが、無理にも体を動かしたかった。

受付の女はいつものように、俺を見るとくにゃっとした。いずれ暁子と別れたら、この女に乗り換えればいい、と俺は思う。住まいは当然通勤圏だろうから、女の家に転がり込めば、クラブに通い続けるにも便利だ。女を替えても、フィットネスクラブは替えなくてすむ。

俺は無意識に、受付女をじろじろ眺めていたらしかった。女がいっそうくにゃくにゃして、あの、あの、と言った。

「あの、これ、もうごらんになりましたっけ?」

たっけか。俺は受付女の顔にあらためて一瞥《いちべつ》をくれてから、女が差し出した紙切れを見た。「フラメンコ教室休講のお知らせ」と書いてある。

「ごらんになってないけど」

俺は言った。

「フラメンコは俺、踊るつもりないから」

「あ、でもあの、会員様全員にお渡しすることになっていて。しばらくお見えにならなかったから……」

もう少しからかうつもりだったが、俺は急に面倒くさくなって、あ、そ、とだけ言ってその場を離れた。歩きながら、つい持ってきてしまった紙切れを読んだ。時候の挨拶《あいさつ》とか会員各位のご健康とかごちゃごちゃ書いてあったが、ようするに「インストラクターの一身上の都合により」「フラメンコ教室は当分休講」という通知だった。

そういえばシャワーを浴びているとき、ここしばらくタップの音を聞いていない。フラメンコやらヨガやらをやっているBフロアは男性シャワールームの上なのだ。孤独なタップ。フラメンコ教室のインストラクターは、「エキスパートスイミング」のコーチの女房で、それが関係あるのかどうかわからないが、フラメンコ教室は開設ひと月来いまだ閑古鳥が鳴いている。ついでにそんな噂《うわさ》も思い出した。ロッカールームでおやじどもが喋《しゃべ》っていた。

一身上の都合か。泣きながらスペインにでも逃げたんじゃないのか。

フラメンコ教室など近づいたこともなかったが、俺は何となく、色黒の、筋肉質の、ぱさぱさした中年女を想像した。その女がひらひらのど派手なドレスを着て、真っ赤な目で、ごろごろとスーツケースを引っ張って空港を歩いている姿を思い浮かべて、思わず、

「あーあ」

という声が洩《も》れた。

俺は自分のその声にうんざりして、紙切れをまるめて廊下に放った。

「ちょっとお尋ねしたいんですが」

ロッカールームに入るなり声をかけられた。五十歳くらいの、目ばかり大きい、俺

が心中ひそかにカカシと呼んでいるひょろひょろしたおやじだった。

「君がはいているようなジーパンは、どこに行けば買えるのかな」

「ジーパン屋」

え、と聞き返すカカシを押しのけるようにして俺は奥のロッカーへ向かった。どういうわけで色気づいているのか知らないが、ジーパンをどこで買うかもわからないやつはジーパンなんかはかないほうが身のためだ。

ロッカーにダウンを放り込んだとき、自分がいつもより苛々《いらいら》していることに気がついた。手紙が来ると俺はいつでも、どういうわけか苛々するのだが、今日はとくにひどい気がした。

出会ってすぐの俺の誕生日に、暁子は三色のビキニをくれた。赤、青、黄色。信号そのもの。趣味がいいとは言えないが、暁子にしては気の利《き》いたプレゼントだったなと、今は思う。今日、俺は黄色のビキニをはく。

女のパンティみたいに小さいやつだ。真っ赤なタオルを肩にかけ、プールサイドを歩くと、いまだに数人がちらちら見る。ここはファミリー向けのベッドタウンだから、フィットネスクラブでビキニをはいている男はめずらしいのだ。平日昼間にぶらぶらしている若い男は、どこの町のフィットネスクラブでもめずらしいのかもしれないが。

平日のプールは、六コースがレッスン用と自由遊泳用に分かれている。俺は当然、自由遊泳のほうで勝手に泳ぐが、今日はレッスンに出てみることを思いついた。一コースと二コースを使って行われているのが「エキスパートスイミング」だったからだ。

俺がぶらぶら一コースに近づいていくと、レッスンに参加している女たちがいっせいにこっちを見た。揃《そろ》って中年で、無理やり筋肉に変えた脂肪で鎧《よろい》でも着てるみたいに見える。クロールの説明をしていたコーチが、女たちの視線につられてこっちを振り向く。この男をちゃんと見るのははじめてだった。歳《とし》は四十前後だろう。猿みたいな小男だ。

「どうぞどうぞ。今はじまったところですから」

俺はプールに入り、女たちのうしろで、クロールのストロークについての講釈を聞いた。それから「慣らし運転」とやらで、二十五メートル往復を五本泳いだ。生徒は列になり、前の泳者がコースの半分進んだところで次の泳者がスタートする。

俺は前を泳ぐ女の岩のような尻《しり》を見ながら、女の体温で生ぬるくなっているような水をごくゆっくり掻《か》いた。二百五十メートル泳ぎ終わってゴールすると、頭の上で拍手が聞こえた。

「まいっちゃうな。こういう方がいらっしゃると」

わざとらしい仕草で頭を掻きながらコーチが言い、みにくい鳥の群れのように女たちがぎゃーっと笑う。

「本格的にやってらしたんでしょう。隠したってわかりますよ」

俺が黙っているので、コーチは視線を無用にさまよわせた。

「ま、だからといってコーチを替わってもらうわけにもいかないんで、ストロークのこつなんぞ、これからまたちょっとお話ししますが、間違ってたら遠慮なく突っ込んでくださいませ」

またぎゃーっという笑い。それを無視して、

「質問があるんですけど」

と俺は言った。

「え。質問」

コーチは一瞬、真顔になる。実際突っ込まれるとは夢にも思っていなかったのだろう。ざまあみろ。俺はごく真面目《まじめ》な口調でことさらにゆっくり言ってやる。

「フラメンコ教室、休講らしいけど、一身上の都合って何なんですか」

俺はちょっとびっくりした。笑ってごまかすだろうとふんでいたのに、コーチは真顔のままだったからだ。しかし一瞬後には笑った。

「みなさんその質問をされるのでね。答えをちゃんと用意しているんですよ。AとBとC、どれをお選びになりますか」

「D」

俺は答えて、プールを出た。

2

手紙は、以前住んでいたアパートの住所から転送されてきていた。

俺は始終女を替え、だから住所も変えるが、手紙は行く先々にちゃんと届く。もちろんそれは、ずぼらな俺が引越しのたびに郵便物転送の手続きだけは欠かさないせいでもあるのだが、それでもやっぱり不思議な気がする。俺や相手の意思とはどこか無関係に、この文通は続いているように思える。

手紙が来るようになってちょうど十年になる。正確に言えば、俺が手紙を読むようになって、ということだが。はじめて手紙を読んだとき俺は十九歳だった。その頃はまだ実家にいた。母親が死に、くそ親父《おやじ》のねじが日に日に緩んでいったあの家に。手紙はそれから、一年に二度か三度の間隔で俺の元へ届く。俺は、一年に一度くらい、返事を書く。

俺が書く返事は、せいぜい五、六行だ。だからとりたてて繕う必要もない。元気です、引っ越しました、昨日こっちは雪が降りました。わかりきったことを書き、もう少し書く気になれば、相手が書いてきたことへの感想を書く。と言っても、そもそも相手の手紙が、たいした内容ではないのだ。昨日食った料理、観《み》た芝居、ヨベルという名前の飼い猫のこと。俺よりはましだし、行数も多いが、大差はない。

手紙の相手は、清月《きよつき》ナオ。五十六歳。結婚したことを隠しているのでなければ、たぶん、いまだ独身。十年間、彼女に会ったことは一度もない。会いたいと思ったことはないし、会おうと言われたこともない。お互いの写真も見たことがない。実際のところ俺は、彼女自身にはたいして興味を持っていないのかもしれない。たぶん彼女のほうも同じだと思う。

ただ俺たちは文通している。どうしてだかはわからないが、そうしなければならないことのように。俺は、清月ナオとの文通を、自分の爪《つめ》とか耳みたいに感じることがある。

玄関のドアが開く音がしたので、俺は封筒をシャツの下に押し込んだ。1DKのボロアパートには個室どころか最低限のプライバシーさえないから、俺は手紙を、ずっと持ち歩いている。

暁子はスーパーの大きな袋を二つ、テーブルの上に放り上げ、今日、早退してきたよ、と得意そうに言う。暁子は今はレンタルビデオ屋に勤めている。俺と会ったときは、パチンコ屋の景品引き換えコーナーで働いていた。

「なんで」

俺は聞いた。

「鍋《なべ》作るから」

それが早退の理由かよ。ビデオ屋のバイトも長くは持たないな、と俺は思う。

「毒でも盛る気かよ」

暁子はそこではじめて、俺の顔をまともに見た。というか——昨夜飛び出していった暁子は朝方帰ってきて、暁子が眠っている間に俺はフィットネスクラブに出かけ、帰ってきたときには暁子は仕事に出かけていたので——昨日暁子を殴ってから、まともに顔を合わせるのははじめてだった。暁子はひどい顔をしていた。二日酔いでむくんでいるうえに、左の目の下にでかいみみずばれができている。俺が右手の人さし指にはめている指輪のせいだ。

暁子がへらっと笑おうとした。何で笑うんだよと思いながら、その顔を見ないですむように、俺は暁子を引き寄せて、胸をもんだ。暁子は心得たようにすぐに体の力を抜いて、俺の背中に手を回す。最近のセックスはたいていこんな具合にしかはじまらないから、こたつがますます汚れるのだ。

俺の股間《こかん》を探りにきた暁子の手が腹の上で一瞬止まった。しまったと俺は思った。そこに隠してある手紙に、暁子の指は気がついたのだ。——が、指は、すぐにそこから離れて、べつの場所をさわりはじめた。

俺は暁子を押し倒した。抱きながら、暁子が予感しているよりずっと早く、俺はこの女を捨てるだろうな、と思った。暁子が悪いわけではない。それは俺の癖みたいなものだ。一人の女に落ち着こうとする俺と、とっとと飽きちまえという俺がいて、結局いつも俺は飽きたがりのほうに従う。やっかいなほうを俺は選んでいるような気もするが、どうしてかそうなってしまう。

この女とセックスするのは、もうあと何回もないかもしれないな。

そう思うと少し燃えた。

自由遊泳専用の五コースの前には、男女五人が並んで、泳ぐ順番を待っている。

その真後ろで、俺は前のやつらに聞こえるように舌打ちする。ラーメン屋でもパチンコ屋でも、俺は並ぶのがきらいだし、しんねり並んでいるやつらには虫酸《むしず》が走る。

俺は、室内プール場の一角に申し訳のようについているジャクジーに入って、六コースを眺めた。

五コースが混んでいるのは、今日は誰も六コースで泳ごうとしないからだ。六コースは、ばあさんとその娘らしい女の二人組が独占している。二人とも、はじめて見る顔だ。

ばあさんは女に手を引かれて、水中を、じわりじわりと歩いている。六コースは自由遊泳のほかに「水中歩行」が許可されていて、だからばあさんはそうしているに違いないのだが、あの動き方だと、二十五メートル歩ききるのに百年はかかりそうだ。付き添いの女は三十五、六、もう少し上かもしれない。顔だけ見るとわりと美人だが手を出す気にはならない。年齢は問題じゃないが、痩《や》せ過ぎているのと、表情のせいだ。うっかりつつくと簡単にぱりっと割れるような顔つきをしている。

泡の中に寝そべったまま、俺はしばらく眺めていた。そのうち、女がちらちらとこっちを窺《うかが》うようになったので、プールを出た。泳ぐかわりにジムに寄っていこうかと思ったが、ウェアを持ってきていないのに気がついて、仕方がないので、受付女を誘うことにした。

カウンターで所在なさげに髪をいじっていた受付女は、俺の顔を見ると、こっちが恥ずかしくなるくらい期待をむきだしにする。

「昼休みって何時から？」

「昼休み。……あたしの？」

自分の胸元にぴたっと人さし指を押しつける仕草を見て、俺はたちまち後悔する。こんな女のいったいどこがいいんだろう、と。

が、それはいつものことだ。暁子のときもそうだった。パチンコ屋のカウンターに座っていたあいつを今とまったく同じ言葉で誘ったとたん、俺は猛烈に後悔したのだ。それでも、そうしてその日のうちにものにした暁子と、半年は一緒に暮らせたのだから。

パチンコで時間を潰《つぶ》してから、受付女が指定したマクドナルドへ行った。

約束の時間にはまだ早かったが、パチンコ屋では考えられなかったことをここで考えようと思ったのだ。

コーラとハンバーガーを二つ買って、窓際《まどぎわ》の席に座る。昼時が近いせいで、だだっ広い店内の席はほとんど埋っている。客はどういうわけか中年女ばかりだ。こっちをちらちら見ているのは、フィットネスクラブの連中だろう。

俺は素知らぬ顔でコーラを飲む。水の中では鳥の群れに見えたが、服を着ているあいつらは食えない茸《きのこ》のかたまりみたいにみえる、とぼんやり考えながら。

年齢からいえば、清月ナオも中年女だ。が、俺には、今俺の周囲にごろごろ座っている女たちと清月ナオが同類だとは、どうしても思えない。清月ナオに幻想を抱いているわけじゃない。そういうのとはまるで違う。清月ナオは人間じゃないみたいな感じがするのだが、かといって何か美しい、神秘的なイメージを持っているわけでもない。俺にとっての彼女は、「女」とか「中年」とか「主婦」とか「五十六歳」とかとは無関係な「清月ナオ」としか言いようがないもので、その感じは清月ナオの筆跡に似ている。

薄い便箋《びんせん》に微《かす》かな凹凸を作って綴《つづ》られている万年筆の細い、斜めに傾《かし》いだ書体。清月ナオが人間じゃないとしたらあの字にほかならない、と俺は思う。

今度の手紙で、清月ナオはいつにない頼みごとをしてきていた。「姪《めい》に会ってほしい」という。清月ナオの姪は十七で、清月ゆりかというらしい。清月ゆりかは来春東京の看護短大に入学する。本格的な東京暮らしがはじまる前に、いちど東京の「下見」みたいなことがしたくて今度上京するので、そのとき会ってやってくれないか、と。

何だかよくわからない話だった。東京案内してくれとか、どこそこに連れていってくれとかいうのではなく、ただ「会ってくれ」と清月ナオは書いてきたのだ。清月ナオはどういうわけでそんなことを俺に頼むのか。彼女の姪については自分でも驚くほど何の関心も起こらなかった。会ってほしいなら、会ってもいい。どうでもいい。俺が苛々《いらいら》し、落ち着かないのは、清月ナオの考えがわからないからだった。

俺はコーラのコップを置いて、一つ置いたテーブルのほうへまっすぐ向き直った。俺を窺う女たちの視線が、さっきからあまりにもあからさまになってきたからだ。

そこに座っている中年女は五人。睨《にら》みつけるとそこそこと目を逸《そ》らしたが、中の一人がどういうつもりか俺に向かって手招きした。

「一身上の都合。一身上の都合」

俺が動かずにいると、女は自分のほうから通路に身を乗り出してくる。

「その話を今していたのよ。あなたも気にしていらっしゃったでしょ。そりゃ気になりますよね、あんな意味深な書きかたされては。あなたが質問したときの、コーチの応対もへんだったし……」

俺はあいかわらず黙って女を見つめていたが、女は勝手に自分で頷《うなず》いて先を続けた。

「あのね。消えちゃったらしいのよ、コーチの奥さん。買い物に行くって言って、それっきり」

俺がこの場を去らないかぎり、この女はいつまでも喋《しゃべ》り続けているのだろうか。そうして俺が立ち上がろうとしたとき、女はまるでそれを察知したように、

「あなたの泳ぎって、ほんとにお達者ね」

と唐突に話題を変えた。

「コーチもおっしゃっていたけど、どこかで本式になさったの？」

「水泳部だったんですよ、俺。中学、高校と」

俺は気を変えて、相手をすることにした。やっぱりねえ、と女は得意そうにうしろの女たちに頷きかけ、女を盾にするようにして俺を窺っている女たちから、ほうっという声が次々に上がる。

「高校のときは全国大会に行くとこだったんですよ」

「まあすごい。コーチが感心するのはあたりまえね」

「結局行けませんでしたけどね、全国大会。退部したから」

たいぶ、と女は笑いを顔にのせたまま、外国語でも聞いたような顔で聞き返す。

「退部させられたんですよ。女子部員をレイプしたって疑いで」

れいぷ、と今度は笑いの消えた顔で女は呟《つぶや》く。

「……それは、ご災難というか、冤罪《えんざい》みたいなものだったのでしょ？」

「どうでしょうかね」

俺が答えたちょうどそのとき、受付女が店に入ってきた。

俺を見、俺のまわりの中年女たちを見て、一瞬立ち止まる受付女に向かって、俺はとっておきの笑顔を作り手を振ってやる。

3

高校二年のときだった。

県大会は目前だった。しかも俺は自由形の優勝候補と目されていた。レイプというのは嘘《うそ》だ。俺にかかった嫌疑は水着泥棒だった。

一級下の女子部員の水着がロッカーからなくなり、翌日、股《また》の部分が切り取られた形で部室のドアに高々と曝《さら》されるという事件がある日起こって、いつの間にか犯人は俺だということになっていた。その女子部員が吹聴《ふいちょう》していたのだ。俺はやっていない。ただ俺は少し前にその女子部員と付き合っていて、キスしてそれからペッティングもしようとしたら、泣かれたのでやめて、それ以後その女子部員に電話をしなくなっただけだった。

たいていは、ものにしようと思っている女に、俺はこの話をする。もう一押しというときに使うのだ。この話を人に打ち明けるのははじめてだと前置きして。もちろんペッティングの辺りは、もう少しロマンチックに脚色して。マクドナルドで中年女どもにそう言ったように、俺はレイプの犯人に仕立て上げられた、と言うときもある。女によって、あるいはそのときの俺の気分によって。

清月ナオからの手紙は、いつも決まってうすみどり色だ。

俺が彼女の手紙を読むようになる前から、それはうすみどり色だった。

俺が家族と住んでいたしょぼい一軒家の、枇杷《びわ》の木の陰の郵便受けに、それは入っていた。俺は家に届く郵便物に何の関心もなかったが、それがひと月にいち度くらいの間隔で届くこと、俺のおふくろ宛《あて》であることを知っていた。俺たちの家に届くつまらない郵便物の中で、うすみどり色は、生きもののように目を引いたのだ。

俺が高校二年のとき、おふくろは卵巣《らんそう》がんになった。病気が見つかったときには手遅れで、抗がん剤の副作用でボロボロになって半年で死んだ。もしかしたら、俺が水泳部をやめたのは、水着泥棒だと疑われたせいではなく、おふくろが死んだせいなのかもしれない。今となっては、俺にはよくわからない。二つのことはほとんど同じ時期に起きたからだ。一つなら俺は何とかやり過ごせたが、二つ起きたから匙《さじ》を投げたのかもしれない。だが二つ起きようが三つ起きようがやめないやつはやめないだろう。結局のところ、俺と水泳との関係は、それだけのものだったということだろう。

親父《おやじ》は、おふくろの病名がわかったとたんにふ抜けになった。給料はきちんと入れていたが、あまり家に帰ってこなくなり、たまに病室にあらわれても、瘦《や》せ衰えてチューブだらけのおふくろをめずらしいもののように眺めているだけだった。だからおふくろの看病は、一人息子の俺とおふくろの妹が交代でやった。おふくろが死んだときも親父はいなくて、俺があちこちに電話をかけまくりようやく突き止めた居場所はどうやら女の家だったらしいのだが、にもかかわらず親父は葬式のときにはちゃんと泣いた。

推薦で体育大学に行くという予定が狂ったので、俺は進学しなかった。べつの進路を探すこともせず、高校を出るとぶらぶらしていた。それからずっとぶらぶらしている。親父は女の家に入り浸りだし俺はぶらぶらしているしで、郵便受けにどんどんたまってある日あふれて枇杷の木の根元にぶちまけられていた郵便物の中に、俺はうすみどり色の封筒を見つけた。俺はそれをはじめて手に取り、清月ナオという差出人の名前を、はじめて見た。

どうして俺はその手紙を開けてみたのだろう。一つには、はじめ俺は――その細っこい字にもかかわらず――清月ナオを、男だと思ったからだった。そのときはじめて気がついたのだが、うすみどり色の封筒は俺にとっておふくろが持っていた唯一《ゆいいつ》のひみつで、だからどうせなら清月ナオが男ならいい、と思ったのかもしれない。が、文面を見ると、清月ナオが女であることはすぐにわかった。それもたいしてひみつの匂《にお》いもしない女だった。清月ナオはおふくろからの手紙が途絶えたことを心配していたが、それ以外は今、俺に書いてくるのと同じく、猫がどうしたとか鳥がどうしたとかどうでもいいことばかりだった。

どうして俺は清月ナオに返事を書いたのだろう。一つには、あのとき俺は、おふくろが死んだことを知らせなければ、清月ナオはいつまでもうすみどり色の手紙を送りつけてくるだろう、と考え、そんな事態がひどくおそろしいような気がしたからだった。俺はレポート用紙を一枚破って、おふくろが死んだことを知らせるそっけない文章を書き、家中探して見つけ出した茶封筒にそれを入れて、清月ナオに送った。一週間くらいして、返事が来た。お悔やみとおふくろの死を知らなかったことへの詫《わ》びと、自分とおふくろとの関係が簡単に書いてあった。

清月ナオは十年くらい前にある婦人雑誌の文通欄でおふくろと知り合ったのだという。ひと月に一度くらい、短い手紙を交わしてきたが、手紙には何を書くでもない。会ったこともなければ、電話で声を聞いたこともない。実際清月ナオは、おふくろが病気になったことすら知らなかったのだった。

どうして俺は、再び清月ナオに手紙を書いたのだろう。これだけは、わからない。もっとも最初に手紙を開けた理由も、そのあと手紙を書いた理由も、あとから無理やりひねり出したようなもので、実際のところは、最初から最後まで、わからないのかもしれないのだが。たとえば女を抱くとき、女の首筋に唇をつけると、女はのけぞる、だから俺は次に女の胸をまさぐる。そういうことに似ている気もする。言うまでもなく俺は、清月ナオをそういう対象として考えたことなどあるはずもないのだが。

ビデオ屋の誰かが結婚したとかの飲み会で、暁子が家にいない夜、俺は清月ゆりかの件で、清月ナオに返事を書いた。

受付女とは速攻でやった。

昼休み、マクドナルドで会ったあの日、受付女の勤務が終わったあとにもう一度会って、居酒屋でチューハイを三杯飲ませ、ホテルへ行った。

受付女はどう考えても普段用とは思えない黒いすけすけの下着を付けていて、ちょっと興をそがれた。こいつはどのくらい前から俺と寝ることを想定していたのだろう、と思った。その間ずっと毎日黒い下着を付けて、受付に座っていたのだろうか。

体は、むちむちしていて、まあそれなりに新鮮味があった。暁子はやせぎすだから。しかしセックスの反応は芝居がかっていてうんざりした。黒い下着と同じく何日も前からこの日のために練習していたみたいだった。その様を想像するとおかしくなった。

「何、笑ってるの」

俺の肩に鼻先をこすりつけていた受付女が不安そうに聞き、べつに、と俺は答えた。するとと受付女もとってつけたようにくすっと笑った。なんだよ、と俺は聞いた。

「俺はフラメンコは踊らないから。そんなふうにあなた、言ったのよね」

だからどうした、と言うかわりに俺は鼻を鳴らした。

「結婚二十年ですって」

「何の話だよ」

「進藤《しんどう》コーチと冴美《さえみ》先生。フラメンコの先生、冴美先生っていって、進藤コーチの奥さんなのよ。知ってるでしょう、エキスパートの進藤コーチ」

「一身上の都合だろう」

「そうそう、一身上の都合。みんなはいろいろ言ってるけど、あたしは冴美先生の味方なの。だってとんでもなく勇気があると思わない？　結婚二十年で、行動を起こすなんて」

「ようするに男ができたってことか」

「はっきりそうと聞いたわけじゃないけど、女が失踪《しっそう》する理由なんて、男に決まってると思わない？」

受付女は俺の足に自分の足を絡《から》ませながら、まるで科白《せりふ》でも読むように言った。

「もうすぐお正月だね」

暁子はそう言った。やっぱりセックスのあとだった。この日はこたつでなくちゃんと布団《ふとん》の上でやった。

「お正月ってさ、いつも曇ってる気がしない？」

しねえよ、と俺は言ったが暁子は俺の返事などどうでもいいように続けた。

「曇ってるっていうかさ、なんか白っぽいの。どこもかしこも。雪の朝みたいな感じなんだよね、それなのにさっぱり乾燥してるっていうかさ」

俺は足を伸ばして、腹這《はらば》いになっている暁子の腹の下からトランクスを引っ張りだした。

「店屋が閉まってるせいかな。それで白っぽく見えるのかな」

「新しい女が俺、できたから」

もうあと一週間くらいは、俺は暁子と一緒にいるつもりだった。が、暁子がはじめた正月の話を、俺は何だか聞きたくなかったのだ。それで、思わずそういう成行きになった。

暁子はぴたっと話し止《や》めたが、俺のほうは見なかった。枕《まくら》を見ていた。それから、頬杖《ほおづえ》をついていた腕をだらっと伸ばして、枕の上に顎《あご》をのせた。顎が痒《かゆ》いとでもいうように、ぐりぐり動かした。そばがらが擦《こす》れる小さな音が聞こえた。

「いつ出ていくの」

あいかわらずそばがらをざらざらいわせながら、暁子は聞いた。明日、と俺は答えた。

「どこの女」

「フィットネスの受付」

「フィットネスの受付。……」

と繰り返して暁子はちょっと笑った。暁子は何度か、俺が泳ぐところを見にフィットネスクラブに来たことがあった。

「おっぱいが大きいほうの子？」

「かな」

「またあの話したんだ？」

「一身上の都合？」

俺はそう言ってから、「一身上の都合」のことを暁子が知っているわけはないと気がついた。

「なに、それ」

「なんでもない」

どうして俺は「一身上の都合」のことなんか思い出したんだろう、と思った。

「あたしが言ってるのは、あんたの得意なあの話のことよ。変態呼ばわりされて水泳部をクビになった話。あんたの悲しい青春の話。あんたの宝物のメロドラマ」

そのとき暁子は俺のほうをまっすぐ見ていた。恐《こわ》い顔をしていた。怒鳴り散らすときの般若《はんにゃ》の顔ではなく、静かに怒っている顔で、そのせいなのか眉毛《まゆげ》とか鼻とか唇とか、顔のパーツが奇妙にばらばらに見えた。

「どうなの？　今度の女口説くときに、あの話、やっぱりしたわけ？」

「した」

実際は——するまでもなく受付女は股を開いたから——していなかったが、俺はそう答えた。それから、足をはね上げて起き上がった。

服を着てから、

「やっぱ今日行くわ」

と俺は言った。そう、と暁子は言った。俺は暁子と暮らすときに持ってきたナップザックを押入から引っ張り出して、セーターとジーパンと電気かみそりを突っ込んだ。ダウンを羽織ってナップザックを背負ったとき、暁子は布団に腹這いになったまま、テレビを観《み》ていた。

「じゃーな」

と俺が言うと、

「うん」

と暁子はテレビに目を据えたまま言った。俺は暁子の部屋を出た。

アパートの下で受付女に電話をかけてその足で女の部屋に行った。ドリームハイツという薄気味悪い名前の、ぺかぺかしたタイル張りのマンションで、部屋は2DKでダイニングテーブルとベッドとドレッサーと、幼稚な小物を並べた飾り棚があった。今までいた暁子の部屋よりよほどきれいに整頓《せいとん》されているにもかかわらず、どうにも不潔な感じがして仕方がないその部屋で、俺は着くとすぐ受付女とセックスした。暁子とやってきたばかりで性欲はほとんどなかったが、自分がその部屋に居着くためにはとにかくセックスするしかないような気がしたからだ。

俺は自分を、頭の悪い動物みたいに感じた。どうせならそういう動物に生まれたほうが幸せだったかもしれないな、と思った。

4

おふくろは朝八時に死んだ。

六月。音を立てて降っていた雨は明け方に止《や》んでいた。

遺体を湯灌《ゆかん》すると言って、看護婦たちがおふくろをどこかに連れていったので、俺は叔母を病室に残して外に出た。どういうわけかむしょうに甘いものが食べたくて、コンビニで菓子パンでも買おうと思った。

おふくろが入院していた総合病院は、自宅からは近かったが、畑に囲まれた辺鄙《へんぴ》な場所にあった。コンビニは十五分くらい歩いた坂の下だった。その日は久しぶりに日が差していた。坂道の途中で、俺も通っていた中学に登校する中学生たちとすれ違った。俺の頃は学ランとセーラー服だった制服が、銀行員みたいなブレザーに変わっていた。灰色のような青のような、うすぼんやりした色だった。

「すみません、トイレどこですか」

コンビニの棚の前で物色していると、同じくらいの年頃の男が近づいてきて、いきなり俺にそう聞いた。腹でもこわしたのか、おかしなほど真剣な顔をしていたが、俺が黙っていると、すぐに間違いに気がついた。

「すいません、赤だから」

とおかしな言い訳をした。その朝俺が着ていた赤いウィンドブレーカーと、コンビニのユニフォームを取り違えたのだった。

チョコレートパン一つ、レジに持っていくと、レジの女はあっけにとられるほど親密な微笑を浮かべて俺を見た。自分が着ている赤いユニフォームを引っ張りながら、

「そっちのほうが、ぜんぜんカッコいいのにねえ」

と囁《ささや》いた。

「だね」

と俺は答えて、金を払うと、その場でチョコレートパンの袋を開けて、一口食った。べつにそうする必要はなかったのだが、レジの女の微笑に、ちょっと応《こた》えてやりたいような気がして。

そしてあの朝、コンビニを出て、病院に向かって歩きはじめると、ぜんぜん知らない場所に自分がいるような気がしたのだ、と俺は思う。それは子供の頃熱を出したときのように、足元がふわふわおぼつかなく、眼球の前に一枚薄いベールが張りついているような感じだった。そのベール越しに眺めるうす白い道に、中学生たちの制服のブルーグレイがぽつんぽつんと散っていて、カルピスの包装紙の模様みたいだと俺は思ったのだった。

受付女が毎晩セックスする前に必ずつけるコロンの、腐ったグレープフルーツみたいな匂《にお》いがするベッドで、俺は久しぶりに思い出した。暁子が正月の話をはじめたとき、はなむけというか置き土産というか、俺もこの話をしてやればよかったな、とふと思った。

その朝、受付女は定時に出勤していったが、俺がフィットネスクラブに行くと受付には誰も座っていなかった。毎晩のアクロバットがたたってどこかでさぼってやがるんだろうと思ったが、小一時間ほど泳いでロビーに下りてくると、やっぱりいなくて、かわりに男の職員が座っていた。

男は俺を見、すぐに下を向いて、帳簿みたいなものをいじっているふりをしたが、俺を窺《うかが》っているのがありありとわかった。何か言いたいことでもあるのかと俺は男に聞こうとして、カウンター横のテーブルにチラシみたいなものが重ねて置いてあるのに気がついた。

俺はそれを手に取ってみた。「フラメンコ教室休講のお知らせ」よりはずっと出来のいいパソコン文書で、「お願い〜みなさまが気持ち良く利用できるフィットネスクラブであるために」という見出しがついている。

〈……私たちは何のためにフィットネスクラブへ通うのか。心身の健康を維持するため、というのは、みなに共通するところでしょうが、もちろんメンバーによってその目的は様々でしょう。……

どんな目的があってもよいと思います。ただ、自由であることとイコール何をしてもよい、ではありません。最近クラブ内で、あるメンバーの品位のない言動や不道徳なふるまいに、とてもいやな思いをしている、という声があり残念なことだと思います。若い人からお年寄りまで、このクラブはみんなが楽しめる場所であるのはもちろんですが、だからといって町中のようにふるまわれては困ります……〉

「クラブからのお達しですか、これ」

途中まで読んで、俺は受付に座っている男に聞いた。男は準備していたような顔をこちらに向ける。

「クラブの文書ではありません。会員様の有志がお作りになったんです。しかし当クラブの趣旨に反するものではありませんから、ロビーに置いてはどうかという話になったんです」

「ハナシニナッタんですか」

そう言ってやると、男は石でも投げつけられたようにぱっと顔を伏せた。

俺が表に出たとたん、受付の男が立ち上がる気配がした。チラシを見た俺の反応について、上の人間に報告に行くのかもしれない。チラシが示唆《しさ》していたのは間違いなく俺のことで、チラシを作ったのはマクドナルドでからかってやった中年女の一団に決まっている。とすると、受付女の姿が見えなかった理由も、それに関係あるんだろうな、と俺は思う。

クラブからまっすぐ駅へ行き、渋谷に出た。

清月ゆりかは、俺が指定した通りにハチ公の耳を握って立っていた。

「こんちは」

と声をかけると、ほとんど呆然《ぼうぜん》と俺を見た。脱色した髪をうしろで一つに束ねて、紙袋みたいに見える茶色いダッフルコートを着ていた。

まだ昼食を食べていない、と清月ゆりかが言うので、デパートの中のスパゲティ屋に連れていった。俺はカルボナーラにすると言うと、「じゃああたしもそれ」と清月ゆりかは言った。カルボナーラをすすりながら、「え。びっくり」と清月ゆりかは繰り返した。俺が想像していたのとぜんぜん違うから、びっくりなのだそうだ。俺と目が合うたびに媚《こ》びたように笑って「え。びっくり」と言った。仕方がないので「俺もびっくりしたよ」と俺は言った。

「え。どうして。おばちゃん、あたしのこと何て書いてた？」

清月ゆりかはようやく意気込んで言った。

「べつに何も書いてないよ、看護婦になりたい姪《めい》ってだけで」

「え。じゃあどうしてびっくりしたの」

「看護婦になりたい女って、ブスばっかりだと思ってたからさ」

「えー。うそばっかり」

「君もそうだろ」

「何が？」

「すげーぶ男が来ると思ってたんだろ」

「そんなことないけど」

清月ゆりかは口に手をあてて笑った。セーターの下に着たカッターシャツの襟元《えりもと》に、クリームソースの染《し》みがついていた。

「おばちゃんのボーイフレンドだっていうから、もっとダサダサかと思ってたの。眼鏡くんとか。歳《とし》は知ってたんだけど。でもホントびっくり」

食事が終わると俺たちはしばらくデパートの中を歩いた。清月ゆりかが、服が見たいと言い出したからだ。上から下までぐるぐる回って、清月ゆりかが買ったのは、ソックス一足だった。彼女が金を払っている間に、俺は三千円ほどのネックレスを一本選んで、買ってやった。

「えー。うそー」

と清月ゆりかはまた口に手をあてた。

「ね、おばちゃんとどういう関係なの」

清月ゆりかがそう聞いたのは、デパートを出て、彼女が雑誌で見たとかいう「カフェ」に座っているときだった。

「おばさんは、何つってた」

大きな丸い氷がわざわざ浮かべてあるせいで、たちまち水っぽくなってしまったコーラにむかつきながら、俺は聞いた。

「え。東京のボーイフレンドだって。どう聞いたって、それしか言わないの。意味深な顔しちゃって」

「おばさんが言わないなら、俺も言わない」

「えー、ひどーい」

清月ゆりかは甘ったれた声を出した。

「文通、してるんでしょう？」

「まあね」

「ちょっと信じられないな。どんなこと書くんですか？」

「いろいろ」

「どこで知り合ったの？」

「まあ、いいじゃんか」

クッキーやらマシュマロやらがのっかったホットチョコレートを清月ゆりかがようやく飲み終わったのをしおに、行こう、と俺は立ち上がった。これ以上ここに座っていると、清月ゆりかは今にも清月ナオについてあれこれ説明しそうで、俺はそんなものは聞きたくなかったから。

三時過ぎだった。

どうする、と俺が聞くと清月ゆりかは「どうしよう？」と答えたが、まだ帰るつもりはなさそうだった。話を聞いてみると彼女はこの日杉並の親戚《しんせき》の家に泊まることになっているが、共働きの家なので少なくとも六時を過ぎないと、家の人は帰ってこないのだそうだ。

俺たちはファッションビルの前のベンチに座っていた。ビルのエントランスで、何かの催し物の準備なのか数人の男女がマイクを立てたり機材を配置したりしていた。銀色のベンチウォーマーをだらしなく羽織った女がマイクの前に立ち、あーあーあーあー、と声を出す。男たちが笑うと、女は調子に乗って、あああーあ、あーああー、とすっとんきょうな発声を繰り返す。うるせえ、と俺は思った。うるせえうるせえうるせえ。

「うち来るか」

「えー」

清月ゆりかはあきらかにそれを期待していた声を上げる。

「俺んち調布だから、杉並までそんなに遠くないしさ。俺んちでビデオでも観《み》ながら、六時になるの待ってりゃいいじゃん」

「えーでも、ご迷惑じゃないんですか」

「べつにこれから一生住まわせるわけじゃないからさ」

「えーでも、一人暮らしなんですよね？」

「女房とかガキとかいたほうがよかった？」

俺が立ち上がると、清月ゆりかはあっさり従った。どんなにゆっくり歩いても、駅までは五分。その間にこの女の気は変わるだろうか。

清月ゆりかは黙りこくって歩いている。「え。びっくり」とも、もう言わない。この女はとっくにやられる気でいるのだ、と俺は思う。

駅に着き、井の頭線の切符を二枚買う。受付女はまだ職場にいる時間だが、今朝のフィットネスクラブの様子からすると、家に戻っている可能性もなくはない。それならそれでよかった。さすがに3Pははじまるまいが、まあむちゃくちゃにはなるだろう。むちゃくちゃになればいいのだ。受付女も、清月ゆりかも。清月ナオも。

切符を受け取り、清月ゆりかは、一瞬、とまどう表情を見せる。その背中を軽く押して俺は促す。俺は自分が今からしようとしていることに呆《あき》れ果てているが、もしかしたら清月ナオは、こうなることを望んでこの女をよこしたのかもしれない、という疑念を捨てきれない。

捨てきれないから、俺は清月ゆりかの手を引っ張って、発車ベルが鳴る電車に飛び乗る。そうしながら、今すぐこの女を放り出して、どこかに逃げ出せたらどんなにいいだろう、と俺は思う。

オリビアと赤い花

I

肌のお手入れは夫を送りだしたあと、ゆっくりすることにしている。洗顔して化粧水だけパッティングしておいた顔に、丁寧に乳液をのせ、まだ物足りない気がしたのでデイクリームもつけようとしたら切れていた。一週間ほど前、使い切って、新しいのを買わなければと思っていたのをすっかり忘れてしまっていた――小雨模様の日がしばらく続いて、洗濯物は乾かなくて困ったけれど肌の調子は良くて、クリームは必要なかったから。でも日差しが戻り、空気が乾燥してくると、皺《しわ》がたちまち目立ってくるからいやになる。

デイクリームのサンプルを、たしかいくつかもらっていたはずだと思い、洗面台の下のバスケットを探った。バスケットの中には、デパートの化粧品カウンターに行くともらえる様々な試供品がため込んである。ミニチュアサイズの化粧水の瓶、石鹼《せっけん》、ファンデーション。いつのものかわからない、薄汚れたパッケージや、十代の子しか使わないようなにきび用洗顔料まで入っていて、いいかげん整理しないと、と思う。ようやく目当てのサンプルを見つけた。先月発売されたばかりの新製品だ。どうして今まで試してみなかったのか、そうだ、これをもらったときの売り子の態度が気に入らなかったのだ、と思い出した。

デパートに専用のカウンターを持っているようなメーカーの売り子は、最近はビューティアドバイザーと言うらしい。私が毎晩アクセスしているインターネットのコスメ情報サイトでは、BAさんなどと呼ばれていて、最初目にしたときは「バーさん」って何のことだろうと思った。実際、あの女なんかバーさんでじゅうぶんだ。三万八千円の高級クリームを買わせたくて必死で、今日は結構というのに人の顔に無理やり計測器を押し当てた。ほうら、水分値がこんなに低い、肌力《はだぢから》が弱っている証拠ですよ、加齢しますとね、やみくもにあたえるだけではだめなんです、肌力を根本から支えるお手入れをしないと、と勝ち誇ったような顔で言ったのだ。

いったい「肌力」ってどういう日本語。そう言うかわりに、じゃあとりあえずサンプルをいただけるかしら、と私は言った。えーでも、限定発売のクリームですから、今度いらしたときにまだあるという保証はありませんよ。ええ、でも私、合わなくて肌荒れしちゃうことも多いから。ああそうなんですか、とバーさんは結局はしぶしぶサンプルを差し出したけれど、あからさまに人を見下したような目をしていた。そうね、あんたの場合どうせ三万円使うなら、家族で焼き肉でも食べに行ったほうがいいかもね、とその目が言っていた。

私はべつにお金が惜しかったわけじゃない。水分値がどうであろうと、私の肌に三万八千円のクリームが必要になるのはまだ、ずっと先のはず、それを確信しているだけ。――ところであなたのお肌、私よりよっぽどひどいことになっているけれど、このクリーム、使ってらっしゃらないの？　と、私は言ってやった。もちろん、胸の中で。実際には、ありがとう、また寄らせていただきますね、と言って、カウンターを離れたのだったが。


しみったれで一回分ぽっちしか入っていない、そのクリームのサンプルをしぼりだし、なんだ、瞬時に顔が引き締まるなんて嘘《うそ》じゃないのと思いながら洗面所から出てくると、有沙《ありさ》はまだ朝食をつついていた。

タコにしたウインナーの足が、洗面所に入る前は七本、今は六本、食べるのが遅いというより、食べる気がない、とわかるので、うーたん連れていくんでしょ？　と私は出かける準備をするように促す。うーたんと呼ばれているウサギ型のバッグを、有沙はのろのろと取りに行き、のろのろと私のところへ戻って来て、うーたんにお帽子をかぶせていきたい、と言う。

お帽子というのは私がうーたん用にかぎ針で編んでやったちっぽけな赤いベレー帽のことだ。お帽子、いいわよ、どこにあるの？　と私が聞くと有沙は早くも半べそになって、うーたんのお帽子がない、と言う。うーたんの部屋（クッキーの空き缶）にも有沙のお洋服の引きだしにもないと訴える。この前お帽子かぶせたのいつだっけ？と私は、苛々《いらいら》と響かないよう気をつけながら聞く。わかんない、と、まったく予想通りの有沙の答え。

私は帽子探しにとりかかる。有沙はうーたんと一緒にどこでも遊ぶから私は家中を歩き回らなければならず、もので溢《あふ》れかえった3DKの中から三センチ四方のそれを見つけだすことにほとんど絶望感を覚える。お帽子なんかもういいじゃない、と言いたいのを私は必死で堪《こら》える。言えば、有沙は本格的に泣きだすだろうし、私は泣いている子を引きずって往来を歩くなんて絶対いやだからだ。遅刻で御《おん》の字《じ》、今日は家を出られないかもしれない、と思う。私は、うかつにうーたんの帽子を編んでしまったことを、後悔する。

とりあえず携帯電話を出しておこうと思い、バッグを開けたとたん、探し物はあっけなく見つかった。この前出かけたとき、有沙がうーたんを振り回して歩き、帽子を落としてしまいそうだったので、私のバッグに入れておいたのだった。ほらお帽子あったよ、と見せると有沙はちょっと困ったような顔をした。きっと帽子は口実で、フィットネスの託児室に行きたくないのだ。それでもそれ以上ぐずることはせず、うーたんを肩から提げ、ようやく靴を履いたとき、ピンポン、と玄関の呼び鈴が鳴った。ドアを開けると自治会役員の伊古田《いこだ》さんが立っていた。

「あら、お出かけ？」

うまく捕まえたわ、というふうに伊古田さんはするすると入ってくる。両手に下げた紙袋はぱんぱんに膨らんでいて、何か赤いぐにゃぐにゃしたものがのぞいている。気味が悪い、と思ったのが私の顔に出てしまったのかもしれない。伊古田さんはちょっと心外そうに、ほら、造花よ、造花、例の、と言う。

「あたしが配達することになっちゃったの」

伊古田さんは赤い塊を摑《つか》むと、次々と三つ、下駄箱《げたばこ》の上に置いた。すかさず有沙が手を伸ばし、

「だめよ、有沙ちゃん」

と私は思わず大きな声を出してしまった。

「大丈夫よ、生花じゃないんだから」

「ええ、そうなんだけど。……口に入れそうだったから」

「口に。ああそういうこと。毒でもないんだけどね」

伊古田さんはまた少し気分を害したようだ。私はしかたなく、

「お役目も大変ね。全棟回るの？」

と聞く。

「一号棟から五号棟まであたし。あとは真下《ました》さんだけど、大変よ実際。運ぶのは何でもないのよ。軽いしね。ただほら、自治会報も掲示板もなーんにも読んでない人っていうのが結構いるのよ、そういう人たちにいちいち説明しなきゃならないのが、もう」

私は頷《うなず》く。何もコメントしなければそれで終わるだろうと思ったのだが、

「団地の運営に日頃何一つ協力してくれないような人ほど、こういうときうるさいのよまったく」

と伊古田さんはいよいよ勢い込んで続ける。

「不自然じゃないのとか。作り物はどうしたって作り物にしか見えないとか。誰とは言えないけど、ネーチャーがどうしたとかエコロジーがなんだとか、偉そうに写真集

を持ち出してきた人までいるのよ。こういうのがほんとうの花だって。あったりまえよね。ほんとうの花が咲かないから造花にするんだって自治会でさんざん話し合って決めたんじゃないの。経過報告は掲示板に何日も貼《は》ってあったのに」

「ママ、ちこくしちゃうよ」

まるで相手にされないことがつまらない有沙が、いいタイミングで声を上げてくれたので、伊古田さんはようやく帰る気配になった。

「これからスポーツクラブ？　いいわね」

私がクラブに通っていることを、伊古田さんが知っている理由を考えながら、

「ええ、これだけはね。何とか続けてるの」

と私は答える。

「聞き分けが良くていいわね。有沙ちゃんも、ご主人も」

伊古田さんは笑い、私も笑う。

上の階へ行く伊古田さんと別れて表に出ると、私は建物を振り仰いだ。各部屋のベランダにはお揃《そろ》いのプランターが備えられて、そこには今頃赤い花が咲き誇っているはずだったのに、ほとんどのベランダにはしなびた緑しかない。

自治会で買いそろえた花の苗は、ある程度育つと突然枯れてしまう。苗全体が悪い

病気みたいなのに感染していたのか、私が植えたのも蕾まではついたがそこから腐れるように萎れていった。けれども中には、健康な苗が当たってしまうちゃんと赤い花を咲かせた家もあり、それで遠望すると見苦しく歯抜けになってしまう団地の外観をそろえるために、造花を植えよう、という決議が自治会でなされたことを、私はもちろんちゃんと知っていた。

ああ、岡さん、岡さん。

私は思わず呟《つぶや》く。いつものように、小さく声を出してしまうのだが、私たちは車の往来が激しい交差点にいて、赤信号が替わるのを待っているところなので、有沙は気づかない。

それは私の奇妙な癖だ。たとえば思い出したくないことを思い出してしまいそうなとき、無意識にその名前を呟いてしまう。私がかつて好きだった男の名前を。

私は何を考えていたのだったか。そうだ、自治会長の真下さんのことを考えていたのだ。造花の導入を言い出したのは真下さんだそうだ。次の会合に早速造花のサンプルを持ってきたそうだ。真下さんは業者と癒着しているらしい。掲示板の自治会報ではなく六号棟前の立ち話では、そういうニュアンスがあった。

可愛《かわい》い座敷犬を飼ってらっしゃるのね。

真下さんはある日私にそう言った。五年前の夏。ペットの飼育厳禁と、入居時に念書まで書かされるこの公団住宅で、そんなものを飼えるはずもないのに。

真下さんが見上げていたのは義母の部屋だった。クーラーをつけると脳の肉がしもやけみたいになってしまう、と言って真夏でも窓を開け放していたあの部屋。


フィットネスの受付は最近一人だけになった。

以前にいたもう一人の女は辞めたのではなく辞めさせられたというもっぱらの噂《うわさ》だ。理由は、クラブ会員と関係したから。しかもその男は、札付きの不良会員だったから。でも、男のほうは、いまだにクラブにあらわれる。ペニスの形がくっきりとわかるぴちぴちのビキニをはいて、プールサイドを平然と歩いている。一時期、あの男を退会させようという運動もあったようだが、いつのまにか消えてしまった。今考えれば、あれはあの男じゃなくて、受付の女を攻撃するための運動だったのかもしれない。

辞めるすこし前、あの女は、いつでもはれぼったい顔をしていた。きっとセックスのし過ぎだったのだろう。ときどきはあきらかに泣きはらした顔をしていた。セックスして泣いて。セックスして泣いて。私は思わず口ずさみそうになってしまい、慌《あわ》て

て、

「おはよう」

と、居残った受付の女に微笑《ほほえ》んだ。

「どうも」

細長い顔の女はほとんど表情を変えずに微《かす》かに首をかしげる。辞めさせられた女より美人だし頭もいいと、誰よりも本人が確信しているような女。辞めさせられた女もそう好きではなかったけれど、それよりもはっきりと私はこの女が嫌いだ。

有沙を託児室に預けると、私はまずエアロビクスのウェアに着替える。ほとんどショーツに近い丈のスパッツと、お臍《へそ》の上までのトップ。エアロビクスとジムで鍛えたおかげで、腹筋がつき、腹部をあらわにすることが平気になった。ここで会う人の中には、まるで銭湯にでも来ているように、醜い肉を平気で露出している女たちもいるけれど。

そういう女たちが、スタジオに入ってくる私を見て、たるんだ腹をこそこそとスパッツの中にたくしこもうとするのを、私は感じる。平日の昼間にエアロビをするのは暇をもてあました主婦ばかりで、三十七歳という私の年齢はその中のちょうど平均くらいだが、肌の艶《つや》や体の線の若々しさは間違いなく私がいちばんだ。

インストラクターが入ってきて、ラジカセをかけ、私たちはウォーミングアップをはじめる。ウォン、トゥー、トゥリー、はいライッ、レフッ、ライッ、レフッ、はい今日も気持ちよくイキましょうーっ。イキましょうーっと叫ぶときとイカせてもらいましょうーっと叫ぶときがあるが、とにかく私たちは毎度そこで律義《りちぎ》に笑う。

インストラクターの女はたぶん三十一、二で、もちろん私よりは若いが、インストラクターとしてはすでに薹《とう》が立っている感じがする。さすがに引き締まった体をしているが、セルフタンニングした浅黒い肌のせいか、私はいつも身欠きにしんを思い浮かべる。身欠きにしんなんて食べ物を、私に教えてくれたのは岡さんだったが。

私は鏡の中で、自分とインストラクターの体を見比べる。彼女に比べれば私の体には緩みがある。でもインストラクターの体より、私の体のほうが男を引きつけるだろう。少なくとも岡さんは、インストラクターではなく私で勃起《ぼっき》するはずだ。彼女が身欠きにしんとすれば私の体は天然ブリだ。言わせてもらえば、身欠きにしんになるほうが簡単なのだ。天然ブリを保つためには、知性とか品位とかそういうものが必要なはずだから。あなたのセックスは知的だねと岡さんも言っていた。

エアロビクスが終わると、階下のプールで軽く泳いでから、有沙を迎えに行く。クラブから駅前までの約十分の距離を歩き、ステーションビルの地下で食料品を買い、有沙が入りたいという店（たいていはファストフードだが、ラーメン屋のこともある）で昼食をとって、バスで帰る、というのが、ウィークデー、つまり有沙が一緒のときの、お決まりのコース。

帰ると水着を洗い、有沙の相手をし、家事をこなす。私の一日はこうして、さくさくと、淀《よど》みなく過ぎる。パソコンの前に座るのは夜だ。有沙も夫も眠ったあと。パソコンは、以前義母の介護をしていたとき、情報を集めたり通販を利用したりするのに必要だからと夫が購入したもので、今も何かそういうことのために使われている、ということになっている――義母は、とっくに死んだというのに。

オリビア、それが私のハンドルネーム（インターネット上のニックネームみたいなもの）だ。今夜はまずコスメの情報サイトにアクセスし、今朝使った三万八千円の高級クリームの感想を書き込んだ。〈お値段のわりに効果が感じられません。私の肌は年齢よりずっと若いと言われるので、ミセス向きのこのクリームはまだちょっと早かったのかも〉コメントを送信しようとして、思いついて付け足す。〈関係ないけど、BAさんがすごく押しつけがましかったです。このメーカーって超高級品を売ってるわりに社員教育がなってないと思います。M駅ステーションビルのカウンターの人です。

ご注意！〉

そのあとは、いわば種を蒔《ま》いたり、刈ったりする。今日は〝刈る〟日だったので、メールチェックをした。来てほしい返信メールが、ちゃんと来ている。

私は満足して、パソコンを切り、夫の横にすべり込む。

2

六号棟はほとんどのベランダの花がすでに造花に変わっている。そうか、六号棟には真下さんが住んでいるからだ、と思う。

真下さんは六号棟の一軒一軒を訪ねて、造花を自ら植えつけて回ったのかもしれない。そこまではしないとしても、棟の入り口で待ちかまえていて行き合う誰彼に念を押すとか。真下さんならそれぐらいやりかねない。苗を枯らす病気と同じように真下さんがまん延していく、というイメージが私をとらえる。そういえば伊古田さんがうちに持ってきた造花を、スーパーのビニール袋に入れたまま玄関に置きっぱなしだった。うちも早く枯れた花と植え替えなければ。

今日は土曜日で、夫が家にいるので、私は一人で出かけられる。そういう日にかぎって有沙は、有沙も行く、とぐずり、夫も子供を連れていってほしそうだったが、今日はマスターズ（系列フィットネス全体の水泳大会）の打ち合わせがあるから、と私は嘘《うそ》をついた。うーたんのハンドバッグ買ってきてあげるから、と有沙には言い、ピンポン鳴っても出なくていいわよ、と夫には言って、家を出た。

フィットネスクラブに行くのは本当だ。毎日少なくとも二時間の運動が、肉体というより精神の健康のために、私は今やどうしても欠かせなくなっている。今日はスタジオには行かず、水着に着替えて、階下の温水プールへ向かった。打ち合わせこそまだずっと先だが、近々マスターズがあるのも本当で、私はクラブ対抗のリレー選手にどうしても選抜されたいと思っている。

ウォーミングアップのために、まず水中を歩く。水中歩行が許可されている六コースには今日も足の悪い母親と付添いの娘がいるが、かまわずに入る。ほかに、六コースを使っている人はいない。

いくら体が不自由だからといって、あの二人が六コースを独占してるのはおかしいんじゃない？　と、更衣室で誰かが囁《ささや》いたこともある。でも、母娘《おやこ》が歩いているからほかの者が六コースを使えないという理由はない。コースを這《は》うカタツムリのようにじゃまではあるけれど、誰かが後から歩いてきたり泳いできたりすれば、娘が母親を引っ張って、ちゃんと脇《わき》によけるのだから。

結局のところ、みんなあの母娘と同じコースでは泳ぎたくない、ということなのだ。たぶん、不幸とか、アンラッキーとか、そういうものが感染しそうな感じがするからだと思う。あの二人がどういう素性の人たちなのか、私も、ほかのみんなも、何一つ知らない――あの二人は、誰とも喋《しゃべ》ろうとしない。

私は平気だ。まずプールの底すれすれまで体を沈め、するりと浮き上がる。それから手と足を大きく動かして、水中を歩く。あの母娘が、不幸菌とかアンラッキー菌とかを実際に持っているとしたって、私はそんなものに感染しない。私はそんなに弱くない。勢いよく歩いていく私から母親を遠ざけようとして、娘はあたふたし、すみません、と私に言う。べつにいじわるする気はないのだが、私は聞こえなかったふりをしてしまう。下手《したて》に出るからいけないのよ、と心の中で言う。下手に出れば出るほどなめられてしまうのに。周囲の人間にも、人生にも。

十一時になり、私は「エキスパートスイミング」のレッスンに参加することにした。いつもは一人で泳ぐのだが、二十五メートルのタイムを正確に計ってもらいたかったのと、ほかの人の実力を見ておきたかったからだ。

「さてもさても、素晴らしい気候になってまいりましたが――」

進藤コーチは、レッスンの最初にいつもたっぷり十分間、つまらない話をする。テーマはたいてい、グルメか美容。今日は、紫外線がそろそろ強くなってきましたねという枕《まくら》ではじまって、ビタミンCが豊富な食べ物の話。レモンを絞って飲むより、レンコンとかじゃがいもを食べるほうが効率がいいんですよ……

いったいあたしたちをなんだと思ってるのかしら、ファミレスの新メニューとか皺《しわ》に効く百面相だとか、そんな話をしてれば喜ぶと思ってるのかしら、ばかにしてない？　例によって更衣室のお喋りでそんなふうに怒っていた人がいたけれど、私はべつに腹は立たない。ただ、この人はこんなつまらない話を用意するために毎日どのくらいの時間を使っているのかしら、と想像してみたりするだけだ。新聞記事をスクラップしたり、テレビ番組を録画したりしているのかもしれない、そんな努力をするくらいなら自分の奥さんのことを喋ればいいのに。それこそみんなが知りたがっていることなのだもの。

失踪《しっそう》とか家出とか不倫とか駆け落ちとか、いろいろ憶測されているけれど、コーチの妻がインストラクターをしていたフラメンコ教室がなぜ突然閉鎖されたのか、本当のところは今もってわからない。フラメンコ、やってみたかったんですけれど、とか何とか嘘八百ついて、コーチに直接、質問してみた人もいて、そうしたらコーチは、

「本当にご迷惑をかけています。お詫《わ》びします」と言うなり深々と頭を下げたので、それ以上聞きようがなくなってしまったそうだ。

きっとノイローゼか何かよ、とその質問者は推測していた。奥さんが教室放りだして消えてしまったのに、コーチは主任のままでしょう、きっとクラブ側がうかつに立ち入れない事情なのよ。

あれは更衣室ではなくシャワー室だった。順番を待っている女たちの列。フラメンコ踊っててもノイローゼになるときはなるのねえ。笑い声。それを言うなら、進藤コーチみたいな人を夫にしてもノイローゼになるのね、ってことじゃない? そうね、進藤コーチと暮らすのは楽そうだものね。楽っていうのが曲者《くせもの》なのよ。だって楽だと、あれこれ考える時間がいっぱいあるでしょう。あら、実感こもってる。笑い声。それにほら、進藤コーチもあたしたちの前ではああいう人だけど、家に帰ったらわかんないわよ。ああ、それはあるわね。ある、ある……

「十八秒六!」

進藤コーチが叫び、水中から顔を上げた私に、Vサインをして見せる。

二十五メートル自由形の私のタイムは、今日のレッスン参加者十七人中二位だった。大丈夫、私は間違いなく、選手に選ばれるだろう。

フィットネスクラブを出ると、私は駅へ急いだ。時間的に、それほど急ぐ必要はないのだが、いつも何となく急いでしまう。心がはやるのだ。遠足の前の子供のように。ステーションビルに入り、有沙に約束したうーたんのバッグを買う。子供というよりは大人向けの雑貨屋で売っているミニチュアで、ほかにもアイロンとか、秤《はかり》とか、ティーポットとか、いろいろと揃《そろ》っている。先日たまたま見つけたのだが、これから一つずつ買ってやろう、と思う。土曜日、お留守番させるたびに。それらは私自身のトロフィーにもなるはずだ。

「椎名《しいな》さん」

下りのエスカレーターに乗ろうとしたとき、ふいに声をかけられて私は飛び上がりそうになった。

振り向いた私の表情に、声をかけた相手もぎょっとした顔になる。一瞬後、私はそれがプールで会う男性であることに気がついてほっとした。ジャクジーなどで二、三度言葉を交わしたこともある。

「ごめんなさい。服を着ていらっしゃると、わからなくて……」

どうにか微笑《ほほえ》み、そう言うと、

「裸のつきあいですからね」

と、会員の間では言い古されているジョークを、その人も知っているらしく、ぎこちなく笑い返した。名前か名字か知らないが、たしかスナミさん、と呼ばれている人だ。

「お買い物ですか」

「ヤングファッションフロア」でこのしょぼくれたおじさんが買うものなんかあるのだろうかと思いながら、私はそう聞いた。

「いやいや、ふらふら歩いているうちに、迷い込んでしまって……」

スナミさんは私が考えていることがわかったように、恥ずかしそうに言う。

「なんかすごくスタイルのいい人がいるなあと思ったら、椎名さんだった」

「それはそれはどうも、ありがとうございます」

私は冗談めかして深々と頭を下げたが、頭を上げても、スナミさんはまだ私の前に突っ立っていた。

「椎名さんのご主人は、ジーパンなどお穿《は》きになりますか」

「え？」

「いやつまり……うっかりこんなものを買ってしまったら、上に何を着ていいかわからなくて」

私はそのときあらためて、スナミさんが真新しいジーパンをはいていることに気がついた。冠婚葬祭に着るような白いワイシャツをたくしこみ、子供のようにウェストをベルトでぎゅうっと締めている。

「Tシャツなんかのほうがいいのかな、やっぱり」

「そんなに難しく考えなくてもいいんじゃないかしら」

「難しく考えない、というのが僕みたいなオヤジには難しくてね」

「こういうことは、奥様のアドバイスが一番だと思うけど」

「だーめ、だめ。粗大ゴミが何を着ようと、知ったこっちゃないって感じだから。うちは」

Tシャツなら向こうのお店にありますよ、と教えると、スナミさんは素直に、私が指さした方向へ歩いていった。その後姿を眺めているうち、私はふいに、とり返しのつかないことをしてしまった気持ちになった。若者専門のカジュアルショップに、スナミさんが着られるようなTシャツなんてあるわけない。スナミさんはいよいよ途方に暮れるだろう。さっきの調子で店員に助けを求めて、ひどい恥をかくかもしれない。追いかけていきたい気持ちを私は抑えた。私は何を考えているのだろう。あんなしょぼくれた、終わっている男がどうなろうと関係ない。私はエスカレーターを駆け降りる。大丈夫、約束の二時には十分間に合う。むしろ先に来ている相手の元へ、ゆっくり近づいていくほうが愉《たの》しみがある。ステーションビルを出る前に一階の化粧室へ入り、念入りに化粧を直した。

今日の待ち合わせ場所は駅の南口、バス乗り場の案内図の前。男が一人立っている。間違いない、あの男だ。三十五歳、黒いスウェットのパーカ、年甲斐《としがい》もない茶髪、それにヴィトンもどきのセカンドバッグ。メールで知らせてきた目印通り。インターネットの「出会い系サイト」で刈り取る男は、どういうわけかたいていセカンドバッグを持ってあらわれる。

私は男によく見えるように、正面から近づいていった。そうして、男の一メートルくらい前で左折して、切符売り場の前に立った。

男は私を一度は見たが、すぐに視線をそらした。目当ての女ではないと思ったのだろう。無理もない。私が男にメールで知らせた出《い》で立ちは、水色のワンピースにカゴバッグだが、実際の私は、ぴったりしたサブリナパンツに、黒いニットのアンサンブル、というスタイルなのだから。

私は男を観察する。二時十分を過ぎた頃から、男は辺りを見回しはじめる。メールの文面や風体《ふうてい》からして、始終こういうことをしている男に違いない。わりとハンサムだし、物慣れたふうだし、〝成功率〟も高いのだろう。今日も、お茶でも飲んで、即ホテル、という目算でやって来たに決まっている。そういう期待を持たせるように、私はメールを書いたのだから。

男はとうとう、携帯電話を取りだした。私が教えた番号は、すでに登録してあるらしい。でも、かけたって繋《つな》がるわけはない。でたらめの番号だから。

携帯を切った男は、怒りと当惑が混じった表情で、あらためて辺りを見渡す。その目が、あらためて私に止まった。私はどきっとして目をそらしたが、もちろん男は、私に近づいてはこなかった。

三十七歳。人妻。三歳の女の子の母親。男に送ったプロフィールのこの部分は真実だ。でも、実際の私は三十七歳にも三つの子がいる母親にも、見えるはずはないのだから。

3

七ヶ月の有沙を抱いた女が私に手を振る。

十一号棟の女だ。有機農法の野菜と放牧豚を売るトラックの前。去年の秋、彼女は子供を産んで、偶然、私の娘と同じ名前をつけた。団地の中の二人の有沙。そのことをすでに団地に住むほとんどの女が知っている。だから三人目の有沙は、たぶんもうあらわれないだろう。

私もトラックの野菜を見ようと思っていたが、何となくその気をうしなう。女に手を振り返してから、横道にそれた。公園をまわって帰ってこようと思う。

タンクトップの上に羽織ったブラウスの袖《そで》をまくる。まだ四月のはじめだというのに、今日はばかに蒸し暑い。この町は都内のほかの町より平均して二度、いつでも気温が高いらしい。ニュータウンの今昔を特集したテレビ番組でいつだったか学者がそう言っていた。山を切り崩した土の上にかぶせたアスファルトが、熱を蓄えて逃がさないのだとか、何とか。

私たちが団地に移ってきて七年になる。パンフレットを取り寄せモデルルームの見学日を調べ、抽選の手続きをしたのは私だった。どうしてあれほどこの団地に来たかったのか、今ではよくわからない。頭金を用意するためには古い家を売らなければならなかった。夫が子供の頃から暮らしてきた、川沿いの古い木造の家。雑木が繁《しげ》る庭ばかりが広い狭苦しい家。

義父はすでに他界しており、同居していた義母は一言も口を挟まなかったが、団地に移って間もなく、ほとんど言葉を発しなくなった。施設に入れて半年後、ひっそりと死んだ。夕方、脳溢血《のういっけつ》で倒れたのだが、翌日になるまで施設は私たちと連絡が取れなかったのだ。私と夫は、なくなりかけていた性生活を何とか取り戻そうとして、その日はラブホテルに泊まっていたから。

白い布をかぶせられたドライフラワーのような義母と対面したとき、私は泣かなかった。泣こうとしたし、実際悲しくもあったのだが、涙が出てこなかったのだ。夫は私を冷たい女だと思っただろう。でも、私に言わせれば夫は泣きすぎだった。遺体の手を取り撫《な》でさすりながら、ごめんよう、おふくろ、ごめんよう、と夫は辺りも憚《はばか》らず嗚咽《おえつ》し続けていた。

「え？」

と、伊古田さんに聞き返されて私はおうむ返しに「え？」と言ってしまう。ああ岡さん、岡さん、と、私はまた無意識に呟《つぶや》いてしまったらしい。

「なんでもないの、ちょっと思い出したことがあって」

ごまかすと、あ、そうなの？　と伊古田さんはあっさりと頷《うなず》く。

ぎゃーっという子供の泣き声が隣の部屋から聞こえてくる。有沙の声だとわかったので、私は慌《あわ》てて立ち上がる。私は誘われて真下さんほか三人の主婦とともに伊古田さんの自宅でお茶を飲んでいるところで、それぞれが連れてきた子供たちは、ダイニング横の和室で遊んでいるのだ。

グーにして振り回している有沙の手が、血で汚れているのを見て私はびっくりする。グーを無理やり開いてみると小さなプラスチックのハムスターが入っていて、有沙と同い年のタクちゃんという男の子が、有沙ちゃんが取った、と訴えた。血が出ているのは手のひらではなく有沙の膝小僧《ひざこぞう》だった。ハムスターの足でひっかいたらしい。

「どうしたの、大丈夫？」

遅れて入ってきたタクちゃんの母親が有沙の血を見て、あらやだ、と眉《まゆ》をひそめた。あらやだはこっちだわ、と思いながら私は大丈夫大丈夫と言い、バッグからバンドエイドを出して有沙の膝に貼《は》った。有沙ちゃんが取った、とタクちゃんがまた声を上げるのを、タクッ、と母親が制する。

「だめじゃない、仲良く遊ばなくちゃ」

しかたなく私も有沙に言う。

「だって有沙の番だもん」

と有沙は抗議する。もう泣きやんでいるが、その表情を見て、私は有沙の言葉を信じる。順番にハムスターで遊ぶというルールを、きっとタクちゃんが破ったのだ。

「タク、有沙ちゃんをぶったの？」

タクちゃんの母親が言い、

「ぶーたーなーい」

とタクちゃんがしゃあしゃあと言い、

「それ、危ないんじゃない。足が尖《とが》ってて」

と、もう一人の子の母親が言う。そういう問題じゃないでしょう、と私は思うが、結局それが解決策になってしまう。私たちはハムスターを子供たちから取り上げて、キッチンに戻った。

「ケンカ？」

と真下さんが聞く。

「うん大丈夫、おもちゃの取りっこ」

私より先にタクちゃんの母親が答える。

「てことは、あと少しで、完成ね」

私は意味がわからず伊古田さんを見たが、伊古田さんはすうっと視線を外した。

「残っているのは三割くらいのお宅かしら」

真下さんが話を継ぐ。

「こうなるとかえって前より歯抜けが目立つわね、もう一度くらい掲示板で念を押したほうがいいんじゃないかしら」

タクちゃんの母親がそう言ったので、ああ、造花の話をしているのだ、とようやくわかった。それにしてもタクちゃんの母親はどうしてすぐにわかったのだろう。

「椎名さんのとこ、まだでしょう」

ふいに伊古田さんが、私のほうをまっすぐ向いて言った。

「ああ、ごめんなさい。そうなのよね。このところばたばたしてて、うっかりしてて……」

私はへどもどと答えた。

「いいのよ、いいのよ」

今度は真下さんが笑う。

「お忙しいなら、無理しないで。造花は腐らないんだから」

「椎名さん、フィットネスがんばってらっしゃるから」

「フィットネスは、べつに……」

関係ないわ、と私は口の中でもごもごと言う。

「いいわね、がんばりがいがあるスタイルで。あたしなんかもう、とっくに捨ててるから。女自体を」

「そうよ。せめて造花でも飾らなくちゃね」

「ベランダくらい若々しく、ね」

「椎名さん、よかったら私、お手伝いに行きましょうか、植え替え」

タクちゃんの母親が顔を寄せてきて、私は思わずのけ反りそうになった。いいえ大丈夫大丈夫。私は手を振りながら、かろうじて笑顔を作る。


お家《うち》に帰りたい、と有沙が言う。

うん、プールに行ったらね、と私は言う。今日はプールだけだから。すぐ終わるわ。すぐってどのくらい？　と有沙は聞く。百数えるくらい？　そうね百数えて待っててね、と私は答える。どうせ有沙は、百なんて数えられない。

託児室の壁紙は空色をバックにいちめんの雲。ずっと見ていると頭が痛くなりそうだ。どうにかここまで連れてきたが、有沙はまたぐずりはじめた。お膝が痛い、と言う。

私は有沙の膝小僧のバンドエイドをはがしてみる。もう傷にも見えないくらいだが、新しいバンドエイドを貼ってやり、ほら、もう大丈夫、と請け合ってやる。有沙は新しいバンドエイドを撫でながらしばらく黙っているが、私が立ち上がると、やだーと泣き声をあげて足にすがりついてくる。

あらあら、有沙ちゃん今日は甘えん坊さんね、と保母が言いながら私を見た。今日は無理しないで連れて帰ったらどうですかとその目がはっきり語っているけれど、今日は私は、どうしてもプールのレッスンに参加しなければならない。選抜リレーの選手を選ぶ日だからだ。

私はポケットタオルで有沙の顔を拭《ふ》いてやり、その動作を利用して、有沙の手を振りほどいた。そのままさっと背中を向けると、やだーと有沙はまた叫んだが、その声はさっきより弱々しい。そろそろあきらめがついたのだ。非難がましい保母の目に気づかないふりをして、私は託児室のドアを閉めた。

ざわめきは、階段の上から聞こえてきた。友達を呼ぶ声、駆け上がって行く人などもいて、見上げていると、「椎名さん、ちょっとちょっと」と、顔見知りの人から私も二階へ招かれた。Aスタジオの前に小さな人集《ひとだか》りができている。有名人でも来ているのだろうか。のぞき込んで私はたちすくんだ。

いつもなら私も参加しているはずの、エアロビクスのレッスンだったが、生徒の中に見慣れない女がいる。そうじゃない、見慣れない女じゃない。受付の女だ。私が嫌いな、細長い顔の女。

そういえば今日、受付には男性職員が座っていた。女は公休日なのだろうか、それとも何か客寄せのような目的で、特別に踊っているのだろうか。女の動きは、そこにもう一人インストラクターがいると思わせるほどだが、みんなが女を見ているのは、そのせいではないだろう。女の体があまりにも瑞々《みずみず》しくて、はずむようで、息を呑《の》むほどきれいだからだ。

集まってきた女たちも、一緒に踊っている女たちも、インストラクターさえも、女の、おう盛な蔓《つる》のような手足や、果実のような胸を、呆気《あっけ》にとられて凝視している。女は傲岸《ごうがん》な表情でそれらの視線を気にも留めないふうに踊っている。気に留める必要もないのだ、きっと。女の若さや美しさは、女を凝視している者たちから、はるかに遠い、無関係な場所にあるから。

「あーあ、やる気なくなっちゃうわねー」

私を呼んだ女が間延びした声で言い、笑い声が起こった。

「土台が違うんですもの、不公平よねえ」

「土台が違って築年数が違うんじゃ、太刀打ちできないわね」

「あら、太刀打ちするつもりだったの？　あなた……」

再びの笑い声から逃れるように私は階段を下りた。

慌ただしく水着に着替え、プールへ行くと、私はすぐに水に入り、準備運動もしないままクロールで泳いだ。こんな調子で泳いでいては本番で疲れてしまう、と思うのに速度を緩めることができない。顔を上げると、そこに受付の女が立っているような気がして。

「はぁーい、マスターズに出場しようと思うかたは集まってくださーい」

私はやみくもに掻《か》いたが、水は奇妙に手応《てごた》えがなかった。蹴《け》る足に違和感がある。そうだ、昨日夫とセックスしたとき、夫がなかなかいかなくて、むきになって動いたせいだ。

私はいつだって、いきたいときにいくことができる。岡さんとのことを思い出せばいいのだから。ああ、岡さん、岡さん。私はいったい何を考えているのだろう。泳ぎに集中しなければ。

有沙の泣き声が聞こえたような気がした。そうだ、これは罰なのだ、と私は脈絡なく思う。有沙を託児室に置き去りにしてきてしまった罰。何かを捨てたり放り出したりすると、こうしてちゃんとしっぺ返しがやってくる。そうじゃない、違う、私がマスターズの選手に選ばれないことは、たぶんもっとずっと前から決まっていたのだ。たぶん、ずっと、ずっと前から。

4

昨夜コスメ情報サイトにアクセスすると、例の三万八千円のデイクリームに新しいコメントがついていた。〈とってもよく効きました〉という。〈夕方鏡を見たら、ほっぺがぴーんとしてました〉とか。コメントの投稿者はぷにぷにちゃん、十四歳。ばかげている。おおかた暇を持て余した中年女が、なりすまして書き込んでいるのだろう。

ああ、岡さん、岡さん。

どうしてこの癖が治らないのだろう。岡さんみたいな男には、もう二度とかかわりたくもないのに。

岡さんはひどい男だった。私をものみたいに扱った。気が向くと呼び出して、用を足すみたいにセックスした。最後に会った日のことを、私は忘れられない。ラブホテルで、岡さんはアダルトビデオを横目で観《み》ながら私の上で体を動かした。もう会わない、そう言ったのは私のほうからだったけれど、それからずっと、岡さんからの電話を私は待ち続けていた。

有沙はあの日から私を嫌っている。

気のせいだと考えてみるが、実際今朝も、出かける私に、有沙も行く、と言わなかった。

出かけるときにゴミをもって行けよ、と、浴室の中から夫が言う。有沙は夫と一緒に朝風呂《あさぶろ》に入っている。きゃーっという笑い声が何だか当てつけのように聞こえる。ゴミって、何のこと？　と私は聞く。玄関にずっと置きっぱなしのやつだよ、みっともないだろう人が来ると、と夫はがなる。ゴミじゃないわ、と私は怒鳴り返す。あー？　と夫は言う。ゴミじゃないのよ。あー？　とまた夫は言う。

「ほら、ゴミなんかじゃないのよ、造花よ、ベランダに飾るの」

私は玄関のビニール袋を摑《つか》むと、浴室のドアを開けて夫に見せた。両手を泡でいっぱいにした有沙が、物憂《ものう》げに振り向く。

「造花なんてどうして飾るの」

夫はのんきな調子で言う。家のことも、団地のことも、何も知らないのだ――もちろん私が何も言わないせいだが。

「みんなで決めた花が枯れちゃったから、そのかわり」

こんな説明ではわかるはずもないと思うが、

「あ、そうなんだ」

と夫は答える。面倒になってきたのだろう。

「美観のために、全棟揃《そろ》って造花を植えることになってるの、うちもそろそろ植えなくちゃ、怒られちゃうわ」

「そんなら気を利《き》かせて捨てなくてよかったよ」

「そうよ、ほんとに」

私は無理に笑った。

「うっかり捨てちゃったら、みんなに吊《つ》るし上げられるところだったわ」

行ってくるね、有沙ちゃん、と声をかけると、有沙はそっぽを向いたまま手だけ振った。湯船の中に水死体のように浮かんでいるうーたんを見ながら、私は浴室のドアを閉めた。

今日は土曜日、私はいつものように、刈り取った男と駅で待ち合わせがある。その前に習慣通りフィットネスに寄った。受付の女は今日は定位置に座っていて、どういう風の吹き回しか「おはようございます」と自分のほうから笑顔を見せた。私はぎこちなく笑い返す。私の心の中身や秘密を、この女だけは知っている、というばかげた考えが、この前、エアロビをする女の肢体を見たとき以来、私の頭から離れない。

「残念だったわね、椎名さん」

更衣室に入っていくと、みんなが口々にそう言った。あと0・2秒速く泳げれば、私はリレーの選手に選ばれていたのだ。ありがとう、でも、秋の大会も、その次もあるしね、と私は答える。半分ほっとしているのよ、選手に選ばれて散々な成績だったりしたら、つぎの大会にはもうきっと挑戦できないもの。そうそう、そうよ、と相手は言う。続けることに意義があるのよね、あたしたちの場合……

「あら、どうしたの、椎名さん」

ええ、ちょっとと曖昧《あいまい》に答えて私は更衣室を出た。エアロビクスのウェアにも、水着にも、着替える気がどうしても起きなかった。あら、お帰りですかと受付の女にも声をかけられたが、私は返事をしなかった。

持て余した時間に、私はステーションビルの化粧品売り場へ行き、三万八千円のデイクリームを買った。カウンターの〝バーさん〟は私のことを覚えていなかったのか忘れたふりをしていたのか、滴《したた》るような愛嬌《あいきよう》を振りまいて、今日は時間があると私が言うとフルメイクまでしてくれた。

いつものように、私は切符売り場の前に立ち、バス路線案内図の辺りを見渡す。今日の男は四十歳、目印は、空色のポロシャツ、ジーンズ、スポーツ新聞。待ち合わせの時間にはすこし早いので、まだ来ていないようだ。

私はオリビア、三十七歳、三歳の女の子の母親。目印は花柄のスカートと、白いブラウス。でも、実際の私は、綿ジャージーのぴったりしたワンピースを着ている。三十七歳の子持ちの女には、到底着こなせないはずのワンピース。

「もしかして、オリビアさんじゃありませんか」

振り向くと、水色のポロシャツの男が立っていた。ジーンズ、手にはスポーツ新聞。

咽《のど》に詰まった塊を無理やり押し出すようにして、いいえ違います、と私は言った。けれども男に、立ち去る気配はない。

「違いますか？　僕、丸尾《まるお》という者ですけど。あ、メールでは、パピヨンと名乗っていましたが……」

パピヨン、と繰り返して男は、くすっと笑って見せた。まるでそうすれば私の気が変わるとでもいうように。

「人違いをしてらっしゃるわ」

私は小さな声で言う。音量を上げると、ふるえてしまいそうだからだ。

「人違い。とすると、やっぱり僕はふられちまったのかな。――でも、あなたもずっとここで、誰かを待っていたでしょう」

迷惑だわ、と私は言う。けれどもその声はあまりにも小さすぎて、自分の耳にさえ届かない。え？　と男に聞き返されるがもう一度繰り返すこともできない。

「失礼かもしれないけど、あなたもふられたんじゃないのかな」

男の人懐《ひとなつ》こい微笑と、礼儀正しい物腰が、逆に私は恐ろしくてたまらなくなる。

「人違いなら人違いでいいから、軽くお茶でもつきあいませんか」

男にぶつかるようにして、私はその場を離れた。走ってはいけない、という気持とは裏腹に、ほとんど全速力で逃げる私の背中に、オリビアさーんという男の嘲《あざけ》るような声がかぶさってくる。

家に帰ると、夫は本屋に行くと言い、私と入れ代わりに出ていった。今までごろ寝でもしていたのだろう、座敷に枕《まくら》と毛布が散らかっていて、そのそばで有沙が遊んでいた。びしょぬれになったのを夫が絞るかどうかしたのか、見る影もなくなったラーたんが、クッキーの空き缶に寝かされている。

ベランダに出てしばらくすると有沙もやってきて、何してるの、と訊《き》いた。

「お花を植え替えてるの」

私は答えた。枯れた苗をすぽんすぽんと引き抜いて、プランターの傍らに積み上げていく。有沙もやりたい、というので途中から手伝わせた。有沙の力でも苗は簡単に抜けて、ベランダのコンクリートの上でぼろっとくずれる。

「今度はこれを植えるのよ」

ビニール袋から赤い造花を取りだして、苗を抜いたあとの穴に入れる。本当はプランターから土を取り払うべきなのだろうが、かまわない。とにかく赤い花が咲けばいいのだ。やらせてやらせて、と有沙が叫ぶ。二人で手を泥だらけにして、きゃあきゃあ言いながら、ビニールの花をプランターに植えつけていく。

あっという間に完成した。こんなに簡単なことなら、もっと早くやればよかった。

きれいね、と有沙が言い、きれいね、と私も言う。

何もかもなくなってしまった、という思いが、そのときふいに、貫くように私をとらえた。どうしてそんなふうに思うのだろう、そんなはずない、気のせいだ、と私は思おうとする。きれい、きれい、とはしゃぎながら有沙が手をたたく。私も手をたたいた。

ああ、岡さん、岡さん。

呟《つぶや》きは、有沙には聞こえない。

運動靴と処女小説

I

鹿鳴荘《ろくめい》の二代目がキャバクラ嬢二人を両側にはべらせて、俺の顔が黄色くなったのはあんたんとこの沢庵《たくあん》のせいだぞ、と僕に言った。

くるくるまわるピンクの照明の下で二代目の顔はどす黒かった。たしかに黄色とピンクでそういう色になるのかもしれないが、黄色いとしたら沢庵漬けじゃなく肝臓のせいだ。キャバクラじゃなく普通の居酒屋に入っても、会計がかるく万単位になる量の酒を飲むのだから。

社長、うちの沢庵は無着色ですよ、といつものように僕は言う。うんうんわかった、黄色《おうしょく》4号のことはいいっこなしだ、といつものように社長は言う。黄色4号って何？　と女の子が社長に聞き、それはひみつ、と社長は、女の子の胸のとんがりを指でつつく。

それよりエリカちゃん、僕の黄色4号にならない？　これは社長の得意の科白《せりふ》だ。

女の子たちがキャハハハと笑う。仕方なく僕も笑う。ボーイがおしんこの皿を運んでくる。ほら黄色4号のおでましだ、と社長が言う。

たしかに皿に並んでいるのは、以前、僕のミスで間違って鹿鳴荘に納入した着色料入り沢庵だ。じゃあ責任取ってもらおうかな、と社長が僕の前に皿を突きだす。いつのまにかガラスの大きな器に変っていて、まっ黄色の沢庵が山盛りになっている。

食わないほうがいい、と僕は思うが、社長と女の子の合唱で一気コールがはじまってしまい、仕方なく手ですくって口いっぱいにほお張る。味の素をかけたパイナップルみたいな味がする。突然、社長と女の子たちが真剣な表情になり、僕の顔の色が変化するのを見届けようとするが、そのうち彼らは失望する。そうか、僕は四六時中漬物を持ち歩いているから、免疫《めんえき》ができたんだな。

僕が何となく感慨にふけっている間に、社長と女の子たちは沢庵をポリポリ食べはじめる。僕の顔色が変らないので安心したのだろう。が、彼らには免疫はない。僕は止めようとするが、もう遅い。三人の顔はたちまち黄色くなってくる。ピンクの照明の下でもはっきりわかるくらい黄色くなり、続いて、腐った桃みたいな有り様に。

僕は必死で気づかないふりをする。社長も女の子も、互いの口に「あーん」と沢庵を入れあったりしてはしゃいでいるので気がつかないが、そのうち爛《ただ》れた皮膚から汁が滴《したた》り落ちてくると、一人の女の子がそれを手の甲で受け止めて、あら？　と眉《まゆ》をひそめる。

僕はその表情に凍りつく。それは鹿鳴荘からクレームが来たとき、納入伝票を調べていた僕の上司の女性の表情とそっくりだからだ。すみません空調少しおかしくないですか、と僕は言う。どこか壊れてるんじゃないかな、いやに暑い、僕ちょっと見てきます。が、社長も女の子たちも「暑くないよね」などと言いながらしきりに顔を搔《か》いている。間もなく皮膚が破けてしまう、そうしたらみんな気がつくだろう、そうなる前に僕はこの場を立ち去りたい。とにかくちょっと聞いてきますよ、どうもいやな感じがするんだ、それに妻に電話もかけないといけないし……

目覚めて僕は安堵《あんど》する。

着色料だろうが添加物だろうが無表示のアレルギー源だろうが、今の僕にはもう何の関係もないからだ。

夢というより、たぶん僕は半分目を覚ましながら、かつて見た夢を思い返していたのだろう。もう何の関係もない、ということを確認するために。

僕は晴れ晴れと起きる。退職してから今朝は百九十三日目の朝だ。妻の要子《ようこ》はもちろんとっくに出勤している。要子は通販化粧品の電話受付をするオペレーターだ。キッチンのテーブルの上にポットに入ったコーヒーと、調理パンが入ったパン屋の紙袋が置いてある。今朝のパンは、カレーパンだった。

朝食を食べ、新聞をゆっくりすみずみまで読んでから、僕も出かける。自転車で十五分の距離にあるフィットネスクラブに通うようになってからは、百四十八日目だ。快晴の五月。着いたときは少し汗ばんでいる。受付には千磨子《ちまこ》が座っている。僕を見、「おはようございます」と言い、薄く微笑《ほほえ》む。

フィットネスの受付嬢は、会員に対して、本来はもっとはっきり快活に微笑むべきだ。でも仕方がない。僕たちは一週間前に、セックスしたばかりなのだから。三回目のセックスだ。はじめてのデートで、いきなりしてしまって以来、僕らは一週間に一度の頻度でセックスしている。

僕も千磨子に「おはようございます」と挨拶《あいさつ》を返す。彼女よりもずっと自然にそうできたのは、年の功というものだろう。僕と千磨子はちょうど二回り歳《とし》が違う。僕が二十四のときに、千磨子は生まれたことになるが、二十四といえば漬物メーカーに入社した年だ。あのとき生まれたばかりの赤ん坊だった女と、僕は今恋人関係にある。それは奇跡に思えるし、何かのお告げのようにも思える。僕が会社を辞めたのは正しいことだったのだと、神様が千磨子の身を借りて教えてくれているんじゃないかと。だから文字通り、千磨子は僕の女神なのだ。

「ちょっとごめんなさい」と言いながら、ちっともごめんなさいとは思っていない顔をしたオバタリアンが、僕を押しのけて会員証のカードをカードリーダに差し込んだ。

「はい、いってらっしゃいませ」と千磨子が言う。会員が会員証をカードリーダに差し込むたびに、受付嬢が「はい、いってらっしゃいませ」と答える習慣になったのは最近のことだ。機械に任せきりでは会費を払っていない非会員も素通りできてしまうのではないか、ちゃんと受付がチェックするべきだという意見が、さっきのようなオバタリアン連中から出たのだそうだ。

　まったく、ああいう人たちって、自分が損することだけじゃなくて他人が得するのも許せないのよね。はじめてデートしたとき、千磨子はそんなふうに言った。あのとき彼女はもう、僕にすっかり心を許していたわけだ。きっと今目が合えば苦笑交じりの顔を見せてしまうだろう、だから僕は千磨子の顔を見ないようにして、自分の会員証を差し込む。はい、いってらっしゃいませ。千磨子は声の中に、僕にだけわかるサインを忍ばせている。

海水パンツいっちょうで人前を歩くことにも、この頃ようやく慣れてきた。はじめて来た日は思わず腰にバスタオルを巻いてしまったが、慣れてしまえばなんでもない。ハムの塊みたいなオバタリアン連に比べたら、貧弱でも無駄な肉はない僕の体のほうがよほど見場がいい。顔見知りになった何人かに会釈《えしゃく》しながら、僕はかるく屈伸をして、第六コースに入る。

会社を辞めたらフィットネスクラブに入ろう、と僕はどういうわけかかたく決めていた。子供の頃から運動神経がからきしだめであるにもかかわらずだ。さすがにいきなりマシンジムなどに挑戦すると怪我《けが》をしそうだったので、プール専門にした。水に顔をつけることから指導してくれる「水慣れ」レッスンからはじめて、今は水曜日の初級レッスンに参加している。

我ながら驚きだが、三ヶ月のレッスンで、僕はどうにかクロールで息継ぎしながら泳げるようになった。はじめて二十五メートルを泳ぎきったときは、コーチとクラスのみんなが拍手してくれ、不覚にも、涙が出そうになった。フィットネスに入ってよかったと思った。フィットネスに入ったから泳げるようになったのだ。当たり前みたいだが、これは僕にとっては重要なことだ。千磨子と出会ったのも、フィットネスに入ったからだと入ったからだ。そして彼女と恋人関係になれたのも、フィットネスに入ったからだと思う。ほかの場所で出会っても、何事も起こらなかっただろう。僕は千磨子の細い腰や切れ長の目に心を奪われただろうが、誘う勇気はなかったろう。フィットネスに入ったのは、会社を辞めたからで、千磨子を誘えたのは、会社を辞めた僕だったからだ。会社を辞めてよかった、と僕は日に一万回も思う。

今日は月曜日なので僕が参加できるレッスンはなく、僕はコーチに言われた通り、自由遊泳のコースで「自習」をする。まずは準備運動として、腕を大きく振りながら水中を歩く。

水音が聞こえたと思ったら、いきなり傍らをものすごいスピードのクロールで抜いていくやつがいて、危うく腹を蹴《け》られそうになった。まっ黄色なビキニ。ときどきこの時間に会う、不良じみた若い男だ。ああいう手合に偏見を持たないようにしようと努力しているが難しい。最初の頃、あなたが穿《は》いているようなジーパンはどこに行けば買えるんだろうと話しかけてみたが、あからさまに無視された。本気で知りたかったわけではなく、ただ話のきっかけとして、言うなれば下手《したて》に出てやったのに。床に落ちているゴミでも見るような目をして、ジーパン屋、と答えやがった。結局のところ、あいつらのほうが僕のような中年の男に対して偏見を持っているのだろう。

男はコースの端まで行くとこれ見よがしにターンして、じゃまだからどけと言わんばかりに、また猛然と僕のほうに向かってくる。が、ここは水中歩行が許可されているコースなのだから、非常識なのは男のほうだ。もし何か文句をつけてきたらはっきりそう言ってやる。決意して、僕はさらに歩き続ける。

こんなふうな勇気が出るのも千磨子のおかげだと思う。千磨子の存在が、彼女のような女に愛されているという確信が、僕を強くする。あのビキニの傍若無人な若い男は、受付に座っている美しい女に僕が愛されていることを知らない。その事実だけでも僕は力を得る気がする。実際あいつは、僕が入会するずっと前から、このクラブに通っているはずだ、もしかしたら千磨子にちょっかいをかけたこともあるかもしれない。が、千磨子はあいつを相手にしなかった。彼女は洞察力があるから、ああいう手合は格好ばかりで中身がないということがちゃんとわかるのだろう。それにセックスだって、手前勝手で、たぶん見掛け倒しだということが。そう考えると僕はビキニ男が哀れになり、コースを譲ってやることにする。

僕はプールを出て、ジャクジーに入った。じつを言えば、久しぶりにしたセックスの疲労がまだ首と腰に残っているから、泡をあてるのは気持ちが良かった。それにしても、千磨子の胸。腰。尻《しり》。信じられないくらい長い、すべすべの足と、その間の、熱い、ねっとりした潤《うる》み。僕はたちまち連れ去られた。この世にあんな場所があるなんて思ったこともなかった。

　もちろん僕は、ただ受け取っていただけじゃない。ちゃんと与えた。一回目は、お互いに緊張があって、完ぺきというわけじゃなかったかもしれないが、二回目はまずまずで、この前は、指と舌で、ちゃんといかせた。あのときの千磨子の顔。次の機会には、もっと素晴らしいものになるだろう。

　僕は、なかなかジャクジーから出られない。

　空想は止まらず、勃起《ぼっき》してしまったからだ。


　宇宙堂。白い大理石に角ゴシック体でそう彫ってある。漢字の下にローマ字で「SORADO」という読み。でき上がったばかりのその表札に、僕はすっかり見入って、よろしいですか、と店員に顔を覗《のぞ》き込まれてしまう。

「喫茶店か何かですか」

　僕と同じ年頃の店員は何か興味を覚えたらしくそう聞いた。いや、と僕は首を振る。

「古本屋だよ」

「ああ……古本屋」

　店員は曖昧《あいまい》な顔をした。感心していいのかどうかよくわからないのだろう。もちろん僕だって、この仕事が「堅実」とか「安定」とかとはほど遠いことはわかっている。わかっているからこそ古本屋になったのだ。撫《な》で付けた髪から白髪《しらが》が二本、飛びだしている店員に、僕は微笑して見せる。あんたにもいつかわかる日が来るよ、と心の中で言う。

「……どう？」

その夜、夕食を食べながら、僕は要子に聞いてみた。一人娘の可奈《かな》が就職して、会社のそばのアパートに移って以来、僕らは夫婦二人暮らしだ。今夜の夕食は水餃子《すいギョーザ》。中国人シェフの料理本を見て、僕が皮から打ったものだ。

「よくできてるんじゃない？　おいしいわよ」

小皿に辣油《ラーユ》を注ぎ足しながら、要子は言う。

「違うよ、表札の話。宇宙堂の表札、表に出ていただろう」

「ああ、そうなの。気がつかなかったわ」

僕は要子が立って表札を見に行くのを待っているが、要子は酢の瓶に手を伸ばす。続いて醤油《しょうゆ》を取ろうとするが、僕の視線に気がついて、その手を止める。

「いくらしたの、あれ」

「え？」

「あの表札。ああいうのって作るのにいくらかかるの？」

ということは、表札にちゃんと気がついていたわけだ。僕はがっかりしながら、

「一万円ちょっと」

と答えた。

「大丈夫だよ。要子はわざとらしい無表情で僕を見返す。これでも先行きのことはいろいろ考えているんだからね。店を構えるわけでなし、退職金にはできるかぎり手を付けないつもりだから。とにかく一年やらせてみてほしい」

「だめと言ったって、もうはじまってるじゃない」

そしてもう僕のほうを見ようとしない要子の横顔を眺めながら、ああ、電子レンジのごはんだ、と僕はやはり思う。残りごはんを一膳《ぜん》分ずつラップで包んでおいたのを電子レンジにかけると、ラップがぴったり張りついて、ごはんはお握りみたいになり、ごろん、と茶碗《ちゃわん》の中に転がる。その感触を、いつからか、僕は妻に重ねるようになった。

が、僕は要子を責めることはしたくない。彼女の上に流れたのと同じ分量の歳月が、僕自身の上にも流れていることも知っている。知っているから、僕は会社を辞めたのだ。要子にもそれをわかってほしいが、わかってくれないなら仕方ない。僕は僕の新

しい道を行くだけだ。

2

誰にも言わなかったことを、僕はこの前千磨子に打ち明けた。

僕は昔、小説家になりたかった。そう言うと千磨子は、昔って、どのくらい昔？と聞いた。彼女を賢い女だなと思うのはこういうときだ。うんと昔、と僕は答えた。ああ、うんと昔ね。それ以上質《ただ》そうとすることはせずただ微笑《ほほえ》んだ千磨子。

もちろん簡単に答えることはできる。何歳の頃だったのか、ちゃんと覚えている。だがそれは今から何年前のことなのか、僕は考えることができない。考えるのがいやなのだ。だからうんと昔、そういうことになる。

炎天下、一冊の本を探して古書店街を歩いた記憶がある。当時僕はある作家に心酔していたのだが、その人が作家になる決意を固めたきっかけになった一冊だと、エッセイに書いていた本だった。Kという、無名作家の処女小説だったが、それを手に入れることに、ある願をかけたのだ。

思い返すと、いつでも同じ風景が浮かぶ。陽炎《かげろう》にぼやける人気《ひとけ》のまったくない町並みを一人彷徨《さまよ》い歩く自分の姿。それは夢の中の風景に似ていて、あるいはそのあと何度か見た夢と混じり合っているのかもしれない。大通りにみっしりと並んでいる店の片端から一軒一軒僕は訪ねた。歩いているときはさほどでもなかったが、ひんやりと暗い店の中に入るたび汗が吹き出した。本は見つからなかった。

「そのうち気分が悪くなってきてさ」

と僕は千磨子に打ち明けた。

「きっと腹が減っているせいだと思って、喫茶店に入ってナポリタンを食べたんだ。食べ終わったところで、猛烈に込み上げてきて、その場で全部戻してしまった」

うわあ、と千磨子は顔をしかめて、それでどうしたの？ と聞いた。僕は笑った。

「うん。あきらめがついたよ」

千磨子は神妙な顔で、そっか、と呟《つぶや》いた。しかたないよね、と。

「あきらめがつく」なんてニュアンスを、たぶんまだ本当の意味では知らないはずの千磨子。

ジーパンというのはどうしてこうゴワゴワと硬いのだろう。

穿《は》いていれば柔らかくなりますよ、と店の人は言ったが、窮屈でとても普段は穿く気になれないので、いつまでもゴワゴワのままだ。が、今日は僕はジーパンを穿く。今日、はじめて古書の市場へ出かけるから。つまり今日は古本屋としての僕のデビューの日なのだ。

古書の市場が存在するというのは、古本屋になろうと決心してはじめて知った。古書組合からファックスしてもらった地図を頼りに、僕が目指すのは、高円寺の市場だ。自宅からいちばん近いというほかに、ビギナーにとっては神田よりは敷居が低そうに思えたからだ。とはいえ、市場という言葉から築地《つきじ》みたいな空間を想像していたのだが、着いてみるとそこは、商店街に埋もれたような小さな建物だった。

土間にたくさんの靴が脱ぎ捨ててあるところは、町内会の寄り合い所にも似ている。恐る恐る中を覗《のぞ》いてみると、ちょうどこちらのほうに向かってきた髭《ひげ》の男と目が合った。

「どうもすみません、新規開店した者なんですが」

「ああそうでしたか」

男は存外に愛想のいい声を出す。

「お店はどちらで？」

「店はないんです。通販専門でいこうと思って。家は国領《こくりょう》です。調布市の」

「ご専門は？」

「いちおう近代文学のほうを……」

「近代文学ですか。そりゃ……」

男が頰の辺りを搔きながら何か言おうとしたとき、ナベちゃんナベちゃんと呼ぶ声がして男はいったん仲間のほうに戻っていき、それからすぐにまたこちらへ来ると、

「おーい、こちら新規の人だよ」

と、仲間の注意を僕に向けた。男たちが、それまでしていたことの手を止めて、僕のほうを振り返る。ほとんどが僕と同年配だ。僕の予想に反して、ジーパンを穿いている者は一人もいない。古本屋というのはジーパンを穿かないものなのだろうか。僕は何となくシャツをジーパンの中にたくしこみながら、

「宇宙堂の須波《すなみ》といいます。宇宙と書いてそらと読みます。よろしくお願いします」

と頭を下げた。

そんなことを、いったいいつから考えていたの？　と要子は言った。会社を辞めて古本屋になる、と僕が彼女に告げたときだ。それは相談ではなく通告だった。僕はすでに、希望退職に応じる返答を会社に出していたし、警察署へ行き「古物商許可証」の申請も終えていた。それを知ると要子はしばし言葉を失い、それから溜息《ためいき》をついて、

先の質問をした。ずっと前から、と僕は答えた。それ以上は説明しなかった。あの炎天の日、僕は喫茶店の床にナポリタンをぶちまけた末歩くことをやめたが、本当はずっとあの炎天を歩き続けていて、そしてここに至った気がする。そんなふうに要子に説明しても、わかるはずはない。説明すれば、ああそうなの、小説家になれなかったから古本屋になったのね、と要子は言うだろう。

記憶の隅々を辿《たど》れば、たとえば五年ほど前の夏、スーパーの催事場の出店を手伝っていたとき、マイルドキムチもキュウリのスタミナ漬けもさっぱり売れない横で、浅黒い皮膚の初老の男が一人で商っていた古本の山が、見る見る捌《さば》けていった光景があらわれもする。休憩時間に僕が文庫本五冊買ったのをきっかけにして、その男とは少し話を交わした。男がやはり五十で会社を辞めてその商売をはじめたこと。近所の年寄りが死に、いわばボランティアで引き取りに行った古本が、数百万に化けた話。もちろんこれも要子には話していない。結局のところ、わかりたくもない、と思っている女には、何を話しても無駄に思えてしまうのだ。

「――で、按配《あんばい》はわかりますよね」

髭の男に覗き込まれて、僕は思わず「はい」と大きな声で頷《うなず》いた。まるで小学生みたいだと思ったのだろう、髭の男は笑いをかみ殺す顔をして、

「今日は、いつもよりいろいろ出てますから」

と言い残して離れていく。

僕は気を引き締めて、辺りを検分にかかった。品物は、壁際《かべぎわ》に並んだ本棚の中、歯医者の待合室にあるような細長いソファーの上に積んである。文庫や単行本のほか、映画のパンフレット、写真集、エロ雑誌やすみのほうにはどういうわけかプラモデルまで。

あ、と僕は声を上げそうになり、慌《あわ》てて飲み込む。今僕の目の前には文学書の山があるが、その中に、あの炎天の日、探しても探してもついに見つからなかったKの処女小説の背表紙が見えたからだ。

口笛でも吹きたい気分で僕は歩く。

もちろん、口笛は吹けない。ここは図書館だからだ。古書目録の宛先《あてさき》を集めるため、「大学職員録」をコピーしに、僕は来ている。文学書を扱うなら大学教授に目録を送ったほうがいいですよと、市場で最初に会った髭の男が、親切に教えてくれたのだ。

司書は使用目的を質すこともなく、あっさりその名簿の在処《ありか》を示した。コピーをとりながら、とうとう鼻歌が口から出てしまった。僕の市場デビューは大成功だった。

古書の市場は入札制だが、目をつけた文学書の山はことごとく僕の手に落ちた。ビギナーズラックというやつなのか、さほど思い切った金額を入れたわけでもないのに、並み居る百戦錬磨の同業者たちにあっさり競《せ》り勝ってしまったのだ。実際、周りの同業者たちはみんな目を丸くしていた。明日には、初回の目録を出すには十分な量の古書が、宅急便で我が「宇宙堂」に届くはずだ。

「こんにちは」

傍らのソファーに座りに来た二人連れに、僕はつい声をかけた。プールに来ている母娘《おやこ》だと気がついたからだ。二人はさっきから、書架の間を行ったり来たりしていたのだった。

娘はびくっとして顔を上げたが、間もなく気づいたらしく、こんにちは、と返して弱々しく微笑んだ。娘といってももう結構な歳《とし》だ。不美人ではないが美人には見えない。きっとあまり幸福ではないんだな。その伝でいけば、今日の僕は普段より二割増男前に見えるはずだ。母親のほうはのろのろ僕を見上げると、曖昧《あいまい》に会釈《えしゃく》をした。娘の年頃からすればせいぜい七十歳くらいのはずだが、プールで遠くから見るときよりもずっと年老いて見える。どこか悪くしているのかもしれない。

「調べものか何かですか」

「ええ……大昔の小説を。翻訳物なんですけど」

娘は、有名なフランスの小説の名前と、翻訳家の名前を言う。

「母がどうしてもその人の翻訳で読みたいと言うので。でも、古い人ですから、その人の版はもう出ていないみたいで」

「検索してみましたか？」

「……検索って？」

何も知らないいらしい娘のために、僕は図書館のパソコンで調べてやった。

「ないですね、やっぱり。本はもう絶版でしょうし」

そう告げると、娘は心底がっかりしたように頷く。パソコンに多大な期待を抱いていたのだろう。

「ないの？　どこにも？」

意外にしっかりした声で母親が聞いた。ないのよ、どこにも、と娘はちょっと苛立《いらだ》ったように母親に言う。不思議な親子だ。翻訳家の名前を指定して小説が読みたいとは、案外インテリの一族なのかもしれない。

「思い出の本ですか」

ついそんなことを聞くと、

「思い出」

と繰り返して馬鹿《ばか》にしたように笑ったのは母親のほうだった。僕は、ちょっとばつが悪くなる。

「よろしければ僕、探しておきますよ。そっちのほうは専門だから」

訝《いぶか》しげに見返す娘に、僕は、記念すべき初宣言をすることにした。

「古本屋なんですよ、僕」


二回のコールで、千磨子は携帯電話に出た。

「須波さん？」

相手が僕だとわかったとたん、千磨子は弾んだ声を出す。私服に着替えるためにちょうど更衣室に入ったところで、まわりには誰もいない、と言った。

「今日会えないかな」

「これから？　須波さんは大丈夫なの？」

「ノー・プロブレム」

電話口からくすくすという笑い声が聞こえてきて、僕はそれだけで夢を見ているような気持ちになる。一時間後に渋谷で会う約束をして電話を切ると、折り返し要子の携帯電話の番号を押し、今夜は遅くなりそうだと告げた。市場で会った同業者たちが歓迎会をしてくれるそうだから、という理由を考えておいたのだが、それを言う前に、わかったわ、と要子はあっさり電話を切った。まったくノー・プロブレムだ。

真っ赤なワンピースを着た千磨子と、僕は渋谷の、ビルの地下のスペイン風カフェ・バーで向き合う。壁に埋め込まれた小さな照明のほかはロウソクの明りしかない店で、客のほとんどは若いカップルだ。じゃがいもの入った小さなオムレツや、イカやタコを炒《いた》めたのや、ピリ辛のソーセージなんかを千磨子がてきぱきと注文し、僕らはそれを肴《さかな》に、ビールを飲む。

ここに来るのは三度目だ。ありったけの勇気を振り絞ってはじめて千磨子を誘った日、彼女のほうから指定してきた。僕としては、近所の喫茶店でコーヒーでも飲めば御《おん》の字《じ》というつもりだったから、びっくりした。きっと最初から、千磨子には予感があったのだろう。次のデートでは当然のこととして渋谷で待ち合わせした。フィットネスクラブの近所で、こんなふうに二人が見つめ合っていれば、たちまち噂《うわさ》になってしまう。それにあの近所にはホテルもない。

「急に呼び出して悪かったね」

グラスを合わせてからそう言うと、

「会いたいと思ってたから」

と千磨子は、僕をまっすぐ見つめながら言う。どうしてこんなに素直に自分の気持ちを言えるんだろう。若いからか、千磨子だからなのか。

「今日、市場デビューの日だったんでしょう？」

「覚えてくれたの」

「もちろん。どうだった？」

僕は市場の様子や同業者たちの雰囲気、入札の仕組みを話し、それからもちろん、Kの処女作を見つけたこと、それをきっかけにして入札した本をすべて手に入れたことを話した。すごい、すごいと目を輝かせながら千磨子は聞いている。さっき僕を見つめたときの女っぽい表情から一転、子供のような無邪気さだ。僕は今すぐホテルに行きたくなる。

「様子がわからないぶん、思い切りよく振る舞えたのかもしれないね。周りは百戦錬磨の連中ばかりなんだけど、みんなちょっと度肝を抜かれたような顔をしていたよ」

「その本、うんと高く売れるの？」

「ほしい人は、うんと高くても買うだろうね。ほしい人を見つけるのが大変なんだけど、それも何とかなりそうなんだ」

千磨子のグラスが空いているのに、僕は気づいた。ビールでいい？　と聞くと、ちょっと強いお酒が飲みたい、と千磨子は言った。

千磨子はジンフィズ、僕はアーリータイムズのロック。注文した酒が来ると、僕らはあらためて乾杯した。千磨子はジンフィズを一口飲み、また一口飲むと、グラスを置いた手許《てもと》をじっと見つめる。

「どうしたの？」

僕はおどけた調子で千磨子の顔を覗き込んだが、千磨子は笑わなかった。急に、いったいどうしたのか。千磨子が顔を上げた。僕はぎょっとした。その頬に、涙が光っている。

「千磨ちゃん？」

「須波さん、ごめんなさい」

こめかみがずきんと脈打った。千磨子は別れを言いだそうとしているのだ。でもどうして。市場や落札の話の何かがいけなかったのか。

「きらいにならないで、須波さん」

が、千磨子はそう言った。涙で潤《うる》んだ目で、僕を見つめる。

「私、妊娠してしまったの……」

3

バッグから取り出したコンパクトを要子はテーブルの上に立て、口紅を塗る。唇を「あ」や「い」の形に動かすが、突然ティッシュペーパーを引っつかむと、ごしごしと乱暴に唇をこする。

それから再び鏡を見、口紅を塗り直すが、ちっと舌打ちをしてまたティッシュで拭《ふ》き取った。もう塗り直すことはせず、薄赤く汚れた唇のままバッグを摑《つか》んで立ち上がる。玄関の前で立ち止まり、テーブルでパンを食べている僕のほうを振り返ったので、僕は要子が「行ってきます」と言うのかと思った。が、彼女の口から出てきたのは、

「あの表札、外してくれないかしら」

という言葉だった。

「宇宙《そら》堂の表札のことかい」

「そう」

表情のない顔で要子は僕を見下ろしている。

「うちの表札にあの表札、あんまりごちゃごちゃしすぎてるわ」

「それはしかたないだろう、言うなればごちゃごちゃした暮らしになったんだからさ」

冗談めかして僕は言ったが、要子はにこりともしない。

「たしかに統一感はないけどね。そのうちうちの表札も作り替えるよ。宇宙堂の表札と同じ体裁で。それならいいだろう」

要子は黙って自分の足下に目線を移す。そして再び顔を上げると、

「宇宙堂っていうのがみっともないと思うのよ」

と言った。

「みっともないって、どういう意味だい。古本屋がみっともないって、そう言ってるのか」

「違う。古本屋をしたいんならそれはもういいわ。ただ宇宙堂ってあんまりこれみよがしだと思うのよ」

「これみよがしでいいじゃないか。趣味じゃない、商売で古本屋をはじめるんだから。ぱっと見て頭に残るような名前にしたつもりだよ」

「恥ずかしくならないの、あなた」

「何が言いたいんだ」

「早期退職を願い出て会社を辞めた。古本屋をはじめた。はじめたっていっても店を構えるでなし、住まいに表札一つ増やしただけ。その表札が、宇宙堂なのよ。恥ずかしくならない？　あなたの生きかたを、とやかくいうつもりはないわ。でも、こういう臆面《おくめん》のなさというか幼稚さはたまらないのよ。毎日くたくたになって仕事から帰ってきて、あの表札を見なくちゃならない。うんざりよ、もう」

僕は呆気《あつけ》にとられて要子を眺めた。要子は涙を浮かべていた。その涙が頬に落ちるより早く、背を向けて家を出ていった。

僕は、洋服箪笥《だんす》を開ける。

要子が冬に履くブーツの箱のうしろに、僕が勤めていた頃使っていた鞄《かばん》がしまってある。鞄の中には「転職マニュアル」という本が入っている。僕は自分の部屋も自分だけの机も持っていないから、会社を辞めようと考えはじめたときから、この本にカバーを掛けて、いつでも鞄の中に入れて持ち歩いていた。要子に見つかりたくなかったのだ。会社を辞めたあとも、本はずっと隠していた。それこそ気恥ずかしかったのだ。が、もう鞄から出そうと思う。キッチンのテーブルの上でもテレビの上でもどこにでも置いておけばいい。あの妻に何と思われようが、もうかまわない。

「転職マニュアル」には「古本屋になるには」という項もあって、通り一遍のことでお茶を濁してあるのかと思いきや、実際はなかなか役に立った。たとえば「目録の作りかた」などもちゃんと説明されてるから、僕はそれを参考にして、ついさっき、市場から宅急便で届いた本の目録を作成することにする。

会社を辞めるとき、もう誰も使わないからというのでもらってきたラップトップのワープロで、書名や刊行年や本の状態（イタミ、ムレ）などを打ち込んでいく。今日、普段より早く寝床を出たのは、目が覚めてしまったせいもあるがなるべく早く目録を完成させるためで、だから今日は一日集中することになるだろう、と決意していたのだが、三行ほど打ったところで僕の手は止まってしまう。昨日と今日で、二人の女の涙を見たことを僕は考えている。あることが起きればあることも起きる。そういうことなんだなと思う。

ごめんなさい、ごめんなさいと千磨子は繰り返していた。避妊しなかったのは自分の責任だと。はじめて僕らが愛し合ったとき、その日がいわゆる危険日であることを千磨子はわかっていたのに、避妊することを言い出せなかったのだと。違う、本当はあたし、言い出せなかったんじゃなくて、言わなかったの、と千磨子は言った。赤ちゃんができたっていいと思っていたのよ。ごめんなさい、ごめんなさい。わかっているのよ。赤ちゃんができたっていいと思うことと、実際に赤ちゃんができてしまったのはべつのことだわ。

堕胎手術を受ける日を、千磨子はもう決めてきていた。が、その日時も、病院の名前も明かさず、一人で終わらせてくるから心配しなくていい、と言った。終わらせる？と僕は千磨子の顔を覗《のぞ》き込んだ。いいえ、そういう意味じゃないわ。千磨子は僕を見返した。ええ、たぶん、そういう意味じゃないわ。

しびれたようになっている指、いや実際は、僕の全体が何か熱のような力のようなものに締めつけられてこわばっているのだが、とにかく僕は動きたがらない指を励まして、再びキーボードを打ちはじめた。今とりあえず僕ができること、それは目録の作成のほかにない。目録を作り集めた名簿の宛先《あてさき》に送り、僕は金を作らなければならない。僕は会社を辞めたおかげでいろんなものを手に入れて、それで十全だと思いたい、だが金はやっぱり必要だ、それは、僕が戦うべき現実のひとつだ。

午後、やはり僕はフィットネスに出かけてしまった。

受付前にはオバタリアンどもが用もないのにたむろしていて、その向こうに千磨子の白い顔があった。千磨子ははっとしたように僕を見つめる。今日、午前中に来なかったから、心配していたのだろう。かわいそうなことをした。携帯に連絡を入れるべきだった。僕はオバタリアン越しに千磨子に頷《うなず》きかけた。気づかれたってかまわないと思った。千磨子が「はい、いってらっしゃいませ」と言わなかったら、僕は千磨子に喋《しゃべ》りかけていたかもしれない。

プールでは今しがたまでベビースイミングが行われていたようで、赤ん坊と母親たちでいっぱいだった。母親は赤ん坊の水着をプールサイドで脱がせてしまうらしく、赤ん坊は一様に首のところにゴムが入ったタオルを着せられて、てるてる坊主《ぼうず》そっくりだ。そういう決まりでもあるのか、こちらは一様に紺か黒の水着を着ている母親たちの笑い声、ちょこまかと歩きまわる色とりどりのてるてる坊主、僕は何か知らない場所にいるような気持ちになる。

そうだ、この世界はもう今まで僕が知っていた場所ではないのだ、と僕は突然、眩暈《めまい》のように思う。僕は第四コースに入り、いきなりクロールで泳ぎはじめる。おぼつかないクロールだ、プールサイドからいまだ立ち去ろうとしない母親たちは、僕のぶざまな泳ぎを見て笑っているかもしれない、だが僕は構わずに、息継ぎのたび水を飲み込みながら、それでもがむしゃらに泳ぎ続ける。

一往復して戻ってきたとき、隣のコースに進藤コーチがいた。午後のエキスパートスイミングの準備に来たのだろう。僕はゴーグルを外し、息をはずませたまま、「こんにちは」と声をかけた。

「これは、須波さんでしたか。すごい勢いで泳がれているので、どなたかと……」

ぎょっとしたのか、微《かす》かに身を引きながら答えるコーチに、僕は、

「コーチ、奥様はお帰りになりましたか」

と聞く。

「え。いやだなあ須波さん。あなたまでそんなことを……」

「奥様の失踪《しっそう》は、根も葉もない噂《うわさ》というわけではないんでしょう」

「いったいどうなさったんですか、須波さん」

真顔で聞き返されて、いや失敬、と僕は引き下がった。進藤コーチの奥さんは今どこにいるのか。それともどこにもいないのか。進藤コーチの答えに、自分の先行きを賭《か》けてみたいという気持ちがあったのだ。

進藤コーチがあんなふうに終始答えを濁していたということが、一つの答えになっているのかもしれない。進藤コーチの奥さんはフラメンコ教師で、たしか冴美《さえみ》先生と呼ばれていた人だ。行け行け、冴美。僕の頭の中でそんな声が響き、僕は愉快な気持ちになる。そうして、愉快な気持ちのまま、プールを出、更衣室前の公衆電話から千

磨子の携帯に電話をかけた。

「はい」

と千磨子が応答した。受付に座っているときは携帯電話の電源を切っているはずだが、うっかりそのままにしていたのか。あるいは、僕からの連絡を待っていたのかもしれない。

「僕だよ、千磨子」

「はい。ああどうも、お世話になっております」

カウンターのうしろのスタッフルームに誰か人がいるのだろう。僕は構わずに続ける。どうしても今、千磨子に伝えたいのだ。

「産んでいいよ、千磨子。僕は妻と別れる。一緒に暮らそう。僕と、千磨子と、生まれてくる子と三人で」

千磨子は一瞬、絶句する。それから、

「はい。承りました」

と答えて、電話を切った。

その夜、僕が妻の要子を抱いたのは、そうでもしなければ高揚がおさまらず、今にも爆発してしまいそうだったからだ。それに、いくら電子レンジのごはんでも、三十年近く一緒に暮らした僕の中で起きている決定的な地殻変動を、まるで知る由《よし》もなく風呂《ふろ》上がりにパックなんか顔に張りつけている姿を見て、ちょっと哀れになったのだ。月に一度、それも疲れているからという理由で要子に拒否されることもあって二月に一度、どうかすると三月に一度になっていた僕ら夫婦の性生活だが、この夜は要子はどういうわけか、あっさりと応じた。今年五十になる要子の体は千磨子と比べるべくもなかったが、千磨子との記憶がガソリンになって、僕はそれまでにない情熱で妻を抱いた。終わると、いつもならそそくさとトイレに立つ要子は、この夜はそのまま僕の傍らにいた。

「よかった？」

と思わず僕は聞いた。

「あたしもフィットネスクラブに通おうかしら」

天井を見たまま、要子は言った。

4

要子の靴のサイズは23・5センチだそうだ。

パンプスなんかだと24なんだけど、フィットネスで履くような紐《ひも》の運動靴なら、間違いなく23・5だわ。デザインはどうでもいいの。でも足が痛くなるのはいやだから、サイズだけは間違えないで買ってきてね。今朝、出がけに要子はそう言った。

23・5。23・5。その数字はどういうわけかその瞬間から僕の頭に住みついてしまい、だから僕はそいつを追い払うために、翌日の午後、駅前のショッピングプラザへ出向いたのだ。デザインはどうでもいいと要子は言ったがじつは何か自分の器量を試されている気もして、数あるブランド物の中の高いほうから二番目のやつを選んで、23・5センチですねと念を押して買い求めた。フィットネス用シューズというのはばかにごつい代物《しろもの》で重くもあり、駅のロッカーに預けて身軽になりたかったが、何がどうなるかわからない今日、取りに行く面倒や取りに行けない面倒を考えて、僕は結局、ばさばさとかさばる紙袋をぶら下げたまま、下りのエスカレーターに乗った。

要子は週末か、慣れてくれば勤めのあとフィットネスに寄りたいのだという。あのクラブは夜十二時まで営業してるでしょ、会社の帰りでも十分間に合うわ、と言った。これまで、何の興味も示していなかったのに、いつの間に営業時間まで調べていたのだろう。しかも、一人だと続かないから、できればあなたもあたしの時間に合わせて一緒に通ってほしいわ、とまで言う。

何か僕は釈然としない。雲の上を歩いているような感じは千磨子と暮らすことを決めた頃からずっとあったが、今は何か、そのときとはべつの雲の上を歩いているような気がする。何かがずれていっている。そしてずれたきっかけは、昨夜要子を抱いたことだと思うのだが、どうしてそれしきのことでずれていかねばならないのか。

僕は一階まで降りるつもりだった。が、四階に差しかかったとき、催事場の「古本フェアー」という案内が目に留まった。

客はまばらにしかいないそのフロアを、僕は俯《うつむ》きがちに一回りしてみた。十店舗ほど出店しているが、窺《うかが》い見たところ、この前市場に来ていた業者の顔はないようだ。それでも、こんな場所に出店するのはベテランばかりだろう、売ったほうが損をするような「掘り出し物」などあるわけがないな、と思ったとき、僕の目に飛び込んできたのは、またしてもあの本だった。Kの処女小説。しかもそれは、「五百円均一」のワゴンの中に、無造作に突っ込んである。

手に取って子細に見てみたがやはり間違いなかった。帯こそついていないが、状態も悪くない。当然買おうと思うが、得をしたというよりも腹立たしい気持ちのほうが勝った。

「これも五百円でいいんですか」

だから僕はたしかめた。ワゴンの奥でスポーツ新聞を読んでいた店主は、うるさそうに顔を上げる。

「ああ、そこにあるのはどれでも五百円ですよ」

「これも、ですか」

店主はちょっと目を細めて、僕が手にした本を見、

「そう、どれでも五百円」

と言ってまた新聞に戻った。

「しかしこれは……」

そんな本じゃないでしょう、と続けようとした声を僕は飲み込む。ずれている感じが、ふいにまた強く襲ってきたからだ。

僕はもう店主と話すのがいやになる。本を買う気も失《う》せて、早くこの場を立ち去りたい気持ちばかりが強くなる。が、店主のほうは逆に、僕の様子が気になりはじめたようだった。

「お客さんみたいな人、多いですよ。昔大事にしてたか、高く買ったかしたんでしょう。昔は万で売れたんだけどね、その本も……」

店主は新聞を畳むと、まるめて自分の肩をぽんぽんと叩《たた》く。

「今は文学書がさっぱりなんですよ。時代ですな。読む人がいないもんだから、どんなにいい本でも、百円五百円均一になってしまう」

店主の声がどこか遠くのほうから耳に届く中、僕は目の前の五百円均一を凝視している。あらためて見渡せば、そこに並んでいる本は、僕がこの前市場で仕入れた本ばかりなのだ。そういえばあのときの周囲の顔は、驚いているというより呆《あき》れているようには見えなかったか。


ポケットの奥を探り、くしゃくしゃになった黄色い紙片を僕は取りだす。今朝、フィットネスの受付で、千磨子が僕の手元に滑らせたものだ。まるっこい小さな鉛筆の字で「5：30　ミロ」とだけ書いてある。

千磨子のほうから僕を呼び出すのははじめてだ。昨日の電話の「産んでいいよ」という僕の言葉を、直接会ってたしかめたいのだろう。ミロというのは駅の裏通りにある小さな喫茶店で、フィットネスのオバタリアン連中はあまり利用しなさそうではあるが、二人きりで会うにはやはり危険な場所だ。が、千磨子としては、二人はいずれ一緒になるのだから誰に見られてももうかまわない、という気分なのかもしれない。

僕はまた腕時計を見る。さっきから何回も見ているが、見るたびに時間は刻々と経《た》っていく。今は五時二十六分。今すぐ向かえばせいぜい一、二分の遅れでミロに着く。だが僕は今ショッピングプラザB1Fの食料品売り場にいて、どうしてか足が、奥へ奥へと進んでいくのだ。

ケーキ屋。パン屋。揚物屋。総菜屋。僕の足が止まったのは漬物屋の前だった。陳列棚の前にずらっと並べられた試食用の小皿を、僕は見渡す。以前の会社の品物はここには卸していない。そんなことはとっくに知っている。が、商品のラインナップも、程度も、似たようなものだ。

「どうぞどうぞ、どれでも食べてみてくださあい」

店名を染め抜いた手ぬぐいをかぶったおばちゃんが、出っ歯をさらに突き出して笑いかける。結構すご腕のおばちゃんだろうと僕は見る。ひやかしの客を摑《つか》んで離さず、首尾よく売りつけたあとは、休憩所で煙草《たばこ》を吸いながら客の容貌《ようぼう》や服のセンスをネタに馬みたいに笑うタイプだ。

僕は並んだ漬物の中から、まっ黄色な沢庵《たくあん》を選んで、試食する。さっぱりしてるでしょう、シソの風味がつけてありますのよ、とおばちゃんが言う。シャリシャリと不自然に歯ごたえのいい沢庵は、シソの風味というより「シソの香水」でも振りかけてあるような味がする。

「いかがですか？ ビールに合いそうでしょ。それにこれはウラワザですけど、刻んでちょっとごま油で炒《いた》めてもおつなんですのよ」

奥様にご指南なさって、とまた歯をむきだすおばちゃんに向かって、僕は思いきり舌を突き出して見せた。着色料でまっ黄色に染まっている筈《はず》の舌を。

おばちゃんがどんな反応を見せたのかはわからない。僕はすぐさまその場を立ち去り、千磨子が待つミロに向かったからだ。

約十分の遅刻だった。薄暗い小さな店のさらに薄暗い片隅に、千磨子はレモンスカッシュのグラスを前に、ぽつんと座っていた。ほかに客はなかった。

僕はコーヒーを注文し、それから運動靴の紙袋を、椅子《いす》の背に隠すように置いた。

「悪かったね、遅くなって」

レモンスカッシュをストローで掻《か》きまわしながら、千磨子は黙って頷《うなず》く。

僕は千磨子が何か言うのを待っている。が、彼女はぐるぐるとストローをまわすばかりで、顔も上げない。僕の言葉を待っているのだろう。もちろん僕が先に言うべきなのだ。だが何を言えばいいのか。

決まっている。昨日の電話の続きだ。千磨子を安心させるような言葉だ。二人のこれからのビジョンだ。だが僕から言葉は出てこない。記憶喪失になったように、何の言葉も思いつかない。僕は背中の運動靴のことを考えずにはいられない。こんなものを背負って、何を言っても裏切りではないのか。裏切り。誰に対しての。千磨子か、妻か。僕は何が何だかわからなくなる。

「あたし、子供をおろしたの」

突然千磨子が言った。僕はばかのように千磨子を見返した。彼女は今何と言ったのか。子供をおろした。そう聞こえた。それは、どういう意味なのか。

「中絶したのよ、子供を」

無反応の僕に苛立《いらだ》ったように、千磨子はそう繰り返した。中絶。そんな言葉をすらりと口にした千磨子は、今まで僕が知っていた千磨子とは違う女に見える。

「でも……いつ？」

ようやく僕はそう聞いた。

「昨日の夜。電話のあと」

千磨子はぶっきらぼうに答える。

「夜？」

「そういう病院があるのよ」

「昨日の夜、手術をしたのかい」

「そう言ってるでしょう」

「しかし、体は……」

「きゅうには休めないのよ。仕方ないわ」

「どうして」

「どうして？」

僕の消え入るような呟《つぶや》きを捉《とら》えて、千磨子は険しい顔で僕を見据える。

「産めるわけないからよ。そうでしょ？　こういうことはあとになればなるほどお金も体の負担もかかるのよ。ええそう。心の傷もね。だから手遅れにならないうちに病院に行ったの」

今や千磨子はべつの女のようではなく、まるきりべつの女にしか見えない。ずれているんだ、と僕は思う。やっぱりずれ続けているんだ。

「お金は大丈夫だったの」

ほかに聞くべきこともなくなり、そう聞くと、千磨子は肩をすくめた。

「大丈夫なわけないでしょう」

僕が妻の要子とフィットネスクラブへ行ったのは、その日の夜だった。千磨子と別れて家に帰ったとたん、要子から電話があり、うん運動靴は23・5をたしかに買ったよと答えると、それなら早速入会手続きをしたいから、あなたも付き合ってくださいな、クラブの前で待ち合わせしましょう、と要子は言ったのだ。千磨子の勤務は夕方五時までだから、僕と駅で別れたあと、今頃はもう帰宅しているはずだった。千磨子の代わりにカウンターに座っている若い男に話して、要子の入会手続きをした。家族で入会すると二人目から月謝が五パーセント割引になるそうだ。スタッフルームの端の事務机の上に書類を広げて、マニュアル通りの口調で会員規約などを説明しようとする男を要子は遮って、取りあえず今日、クラブ内を見学してよろしいかしら？　と聞いた。ちょっと戸惑った様子の男が奥の上役にたしかめにいったあと「わかりました、ではこれからご案内します」と言うと、いいえ主人がいるからご心配くださらなくて大丈夫、と要子はにっこり微笑《ほほえ》んだ。そうして、「それじゃあなた、お願いしますね」と僕の腕に触れる妻が、僕にはやっぱり見知らぬ女に見える。

案内と言われたって僕はプールしか利用したことがない。とりあえずロッカーの場所を教え、次に見学者用のブースからプールを望むと、要子はガラス窓にはりついて、へええ、結構広々してるのねえ、などと言う。ちょうどエキスパートスイミングのレッスンがはじまったところで、はあーいそれじゃ、かるーく四往復いってみましょうか、という進藤コーチの声と、えーそれはきついわーという、エキスパートオバタリアンたちのお決まりの応答がもわんもわんと聞こえてくる。

「こういうところのコーチって、スポーツマンていうよりは、サラリーマンなんでしょうね」

要子はそんなことを言う。何と答えればいいのかわからず僕が黙っていると、

「そういえば玄関の本、あれいつまであそこに積んであるの？」

と要子は続ける。

何が「そういえば」なのかわからないが、玄関の本とは、市場で仕入れた本のことだ。目録をとったあと、置き場所がないのでもう一度段ボールに入れて、玄関の端に置いてある。

「明日にでも目録を発送するから、そうしたら……」

「目録を送れば売れるわけね？」

「まだ一回目だから、すぐにどうというわけじゃないかもしれないけど」

「多少時間がかかるとしても、少しずつ片づいていくわけね、あの本は？」

片づいたってまたすぐに仕入れなければならないに決まっているだろう。僕は古本屋なんだから。そう言いたいのを僕は押さえる。ブースの中にはもう一組、若い夫婦が見学に来ていて、僕らの場違いな会話に耳を澄ませている。

「それじゃ、上へ行ってみましょうか」

僕が返事をしないのを気にするふうもなく、要子はあっさりとブースを出ていく。上とは、マシンジムやエアロビクススタジオがある場所だが、僕はそれこそ初回にインストラクターに案内されて以来一度も足を踏み入れたことがない。階段で、要子は僕の先に立つ。それは上から歓声と拍手のようなものが聞こえてきたせいで、僕は何となく、そこへ行きたくないと思うが、早足で上っていく要子を追って、二階に上がる。

人垣ができているのはエアロビクススタジオの前だった。オバタリアン、それにクラブの職員までが突っ立っている背中越しに伸び上がる要子と一緒に、僕も見る。そこにいるのは千磨子だ。もちろんほかに十数人の女たちがレオタードを着て踊っているし、インストラクターもいるのだが、みんなの視線の先にあるのは千磨子。その見事な肉体と、潑剌《はつらつ》とした動き。

「だーれ、あの人、タレントか誰か?」

要子が発した声は見物人の中で奇妙に響き、職員の男が振り向いて、

「あれはうちのスタッフなんですよ、勤務時間が終わるとよくああしてエアロビをするのが、今じゃちょっとした名物なんです」

と説明する。名物。そんなことを、僕は聞いたこともなかった。

「あらそう、それじゃ、宣伝効果はばつぐんねえ」

要子の感想に、あちこちから同意の声が漏れる。この数分の間に、要子は僕などよりよほど、クラブの先住メンバーたちに受け入れられたようだ。

要子はまだ立ち去る気配がない。だから僕も妻と同じように、伸び上がって千磨子を見る。激しい音楽に乗って千磨子の顔は幾度もこちらを振り向くが、僕らに気づきはしないだろう。なぜだかそう確信される。

いずれ千磨子が気づくとしたって、僕は千磨子を見つめずにはいられない。僕の首に巻きついたことがあるしなやかな腕。張りつめた平らな腹。あそこには僕の子供が入っていた。昨日の夜まで。夜、中絶手術を受けたのだという。そういう病院があるんだという。もちろん僕はその方面のことは何もわからない。昨夜中絶手術を受けた女が、翌日の夜エアロビクスで汗を流すのはよくあることなのか、特殊なことなのかもわからない。十万円でいいわ、と千磨子は言った。手術の費用だ。それは半額なの

か全額なのか。やはりわからないが、とにかく僕は払わなければならないのだろう。当然でしょうと千磨子の顔が語っていた。だってあたしは傷ついたんだもの。心も体も。あなたのために。

気がつくと、僕は千磨子を見ていない。いや見ているが、上の空で計算している。十万円を引いたあと退職金がいくら残るか。そして市場での仕入れ金はいくらだったか。やめろやめろやめろ。要子が驚いた顔で僕を見る。僕は思わず声を出してしまったらしい。

「僕も明日、運動靴を買いに行くよ」

そしてその言葉は、僕の口からあらためてこぼれ出る。僕が知らない間に、誰かが仕掛けていた罠《わな》のように。

サモワールの薔薇《ばら》とオニオングラタン

朝起きると体がみっしりと重かった。昨夜眠れなくて、二回も自慰をしてしまったせいだ。若い頃は一度すれば頭がぼうっとなってすぐ眠れたのに、この頃はかえって眠れなくなる。頭はちっともぼうっとせず、むしろ冴《さ》えて、体の中にはちゃぽんちゃぽんと水が溜《た》まるようだ。いやらしい匂《にお》いのする水が。結局のところ、水の感触にいっそう眠りを妨げられる。それなのに自慰をせずにはいられない。夜はあまりにも長すぎるから。乳房や陰部に手を伸ばせば、すくなくともその間は、いやらしいこと以外は考えなくてすむから。

「お寝坊ねえ」

ダイニングへ下りていくと、おかあさんが微笑《ほほえ》む。私の表情を見れば、昨日二回自慰をしたことがおかあさんにはわかってしまうだろうと思う。でも、そういうことを気に病むのはもうやめている。むしろはっきりおかあさんに言いたいとすら思う。私は毎晩毎晩、自分で自分を慰めているのよと。言わずにいるのは、彼女の答えが恐《こわ》いからだ。平気な顔で「大丈夫、おかあさんも、そうよ」などという答えがもし返ってきたらどうしよう、と思うからだ。

テーブルの上には、コーヒーのポット、マフィン、手作りの苺《いちご》ジャム、それにアボカドとトマトのサラダ。大丈夫、このくらいなら何とか食べられる。と、安堵《あんど》したのもつかの間、チーンと音がして、オーブンからじゅうじゅう音をたてるキャセロールがあらわれる。昨日のビーフシチューの残りで、マカロニを和《あ》えてグラタンにしてみたの、とおかあさんは言う。

おかあさんは今年でとうとう七十になるけれど、料理だけはいまだに全部一人で取り仕切っている。だって美味《おい》しいものが食べたいんだもの、と笑う。今更私にバトンタッチしたって、ろくなものが食べられないと思っているのだ。それは真実。三十五歳の現在まで、私は家から出たことがなく、料理上手の母親を持ったことに甘んじて、料理というものをまともにしたことがない。

「おいしそう」

と私は言って、キャセロールの四分の一ほどを自分の皿に取り分ける。正直言って匂いだけで胃がもたれてくるけれど、がまんして、あつつつ、などと言いながら、パンと交互に口に運ぶ。

「朝から食欲があるわねぇ」

そう言うおかあさんは、すでに最初に取った分を食べ終わり、おかわりを皿に盛ろうとしている。おかあさんの生命力は、いまや食べることだけに集中しているようだ。

「おかわりは？」

「食べたいけど、お腹《なか》が膨れちゃうから」

「そうね、水着だと目立つから」

おかあさんがあっさり引き下がってくれたので助かった。グラタンの残りはゴミ箱行きか、おかあさんの気分によっては、明日の朝電子レンジで温め直してもう一度出てくるだろう。でもとにかくそれは明日のことだ。私はサラダの残りを、コーヒーで無理やり流し込んだ。

「それで、今日はどうするの？」

「水着だと……」と今自分で言ったばかりなのに、おかあさんはそう訊《き》く。

「もちろん、行くわ」

おかあさんは毎朝「今日はどうするの？」と訊くけれど、私は「行かない」と答えることは決してない。おかあさんはそれを知っていながら、訊くのだ。

おかあさんが出かける仕度をしている間に、私はトイレへ入り、食べたものを全部吐いた。ときどき私がそうしていることを、おかあさんはやっぱり知っているのかもしれない、と思う。

鍵《かぎ》をかけるのは私の役目。というよりおかあさんと一緒に一歩家の外に出ると、何もかもが私の役目になる。

振り向くと、ちょうど隣の奥さんが、回覧板を手にやってきたところだった。私は回覧板を受け取ると、もう一度鍵を回してドアを開け、回覧板を家の中に入れた。そういう作業をわざとゆっくり行ったのに、奥さんはずっとその場で待っていた。

「今朝もスポーツクラブ？」

と、わかりきっていることを訊く。ええと私は答える。

「よろしいですねえ、母娘《おやこ》お揃《そろ》いで。うちは男の子ばっかりだから、うらやましいわ」

おかあさんはぼんやりと微笑む。すでにシャッターを下ろしているのだ。奥さんは
——といったって、私と十も違わないだろうその人は、

「おやさしいお嬢さんで、本当にお幸せね」

と言う。同情をたっぷり込めた目で、おかあさんではなく私を見ながら。

私もおかあさんも服の下にすでに水着を着込んでいる。フィットネスクラブの更衣室で、だから私たちは、ただ服を脱ぐだけでいい。おかあさんはもちろん自分で水着を着、鏡の前でポーズを決めてみたりさえしているのだが、クラブで会う人たちはきっとみんな、私がおかあさんに水着を着せていると思っているだろう。おかあさんの太った体を曲げたり伸ばしたりして、ふうふう言いながら。

なぜならおかあさんは、水着の上に着た服を、恐ろしくのろのろと脱ぐからだ。私も、おかあさんと差がつかないように、極力ゆっくり脱ぐけれど、それでも私がすっかり脱いで、スイムキャップとゴーグルを頭の上にセットしたとき、おかあさんはまだブラウスのボタンの一番下を外そうとしていたりする。今となっては、わざとそうしている、というのではないと思う。たぶん、わざとそうしているうちに、おかあさんは本当に人前で、体が思うように動かなくなってしまったのだ。私はこの頃、更衣室でのおかあさんの脱衣に手を貸すようになった。おかあさんに加担するような、あるいはもしかしたら、嬲《なぶ》っているような気持ちで。

温水プールへは、更衣室から細い廊下を伝って行く。廊下には水色のマットが敷き詰めてあり、両側に道標のように観葉植物の鉢が並んでいる。私は胸の高鳴りを押さえる。あの人が来ていますように。来ていませんように。どちらも切実な願い。このことは、おかあさんは知らない。というより、ぜったいに知られてはならない。たぶんあの人は、私にとって神様みたいなものなのだ。あの人は私だけのもの。私はあの人を、おかあさんから守らなければならない。

「今日はわりと空《す》いてるわね」

私は、うめき声を押し殺し、慌《あわ》ててそう言った。あの人が来ていた。いつも私たちが歩くコースの隣を、一人で泳いでいる。いつものように黒いキャップをかぶり、今日は赤いビキニパンツを穿《は》いて。あの人のスイムウェアはいつでもきわどいカットのビキニで、色は赤か青か黄色。もちろん、そんな目印などなくても、私にはあの人がたてる水しぶきだけでそれとわかる。きれいな三角を作って水面に浮き上がるあの人の腕を見ただけで、水面下で弾むあの人の腰や、水を蹴《け》る引き締まったふくらはぎを想像することができる。――だから私は、あの人に会いたいし、会いたくないのだ。

私とおかあさんは、第六コースに入り、歩きはじめた。水の中に入るとおかあさんはいっそう動きが緩慢になる。放っておくと同じ場所で水中花のようにゆらゆら揺れて、そのまま倒れそうになる。強く望んでいるのではないにしても、そうやってふわっと水の中に倒れ込んで、すべてを終わりにしてしまえないものかと、おかあさんは心のどこかで企《たくら》んでいる気がする。だから私は、おかあさんの手をしっかり握り、注意深く水の中を引いていく。私を一人残して先に行くなんて、そんなこと許せない。今更。

第六コースには先に女の人が二人、ビート板でばた足をしてみたり腕をまわしながら歩いたりしていたが、私たちが近づいていくと、顔を見合わせてコースから出ていった。私もこの場所ではおかあさんと同様、なるべく他人と口を利《き》かないようにしているから、私たちはまるで触るとかぶれる草か虫のように扱われている。「おやさしいお嬢さんで……」なんて言われるより私にはずっと心安らかなことだけれど。それはとにかく、女の人たちは泳ぐのをやめたわけではなくて、隣のコースに入っていくので、私は気が気ではなくなる。せっかくあの人が一人で悠々と泳いでいたところに、女の人たちはぽちゃぽちゃと体を沈めて、これまで通りに振る舞いはじめたからだ。

案の定、あの人は、女の人のちっとも前に進まないばた足に遮られて、コースの途中で泳ぎやめてしまう。私はそちらを見たりはしない、でも気配で手に取るようにわかる。あの人はコースの中ほどに突っ立って、ゴーグルを外し、女の人たちが跳ね上げる無様な水しぶきをじっと見下ろしているだろう。そんなふうに今はあの人の半身が水の外にあって、私を見ることもできる、と思うと、私の体の、あの人の側の半分は、生皮を剝《は》がれたようにひりひりしてくる。

私とおかあさんはコースの端まで行き着いた。ふう、とおかあさんは溜息《ためいき》を吐《つ》く。折り返すまでに五分ほど休まなければならない。本当はそんなに疲れていないんでしょう、さあ、さっさと歩き出しましょう、と私は頭の中でおかあさんを詰《なじ》るが、もちろん声にはぜったい出さない。かわりに、おかあさんと同じように私も、ふう、と溜息を吐く。体の火照《ほて》りを皮膚の内側に閉じこめて、私は極力ふつうにしていなければならない。

でも――この五分間は気がくるいそうに長い。だめ、だめ、だめ、だめ、と私は声に出さずに絶叫しながら、とうとう、あの人のほうを見てしまう。あたかも、あの人の向こう側にある時計の針が気になるようなふりをして。でもあの人は、先刻お見通しなのだ。私は目が痛くなるほど時計を凝視しながら、あの人が私を見ていることを意識する。おかあさんと同じように、あの人にもきっとわかってしまうだろう。昨日の夜、あの人に抱かれる自分を空想しながら私が二度も果てたことが。昨日ばかりではない、半年前このプールにはじめてきてあの人の姿を見て以来、私が幾度も幾度も、あの人に貫かれる自分を夢想していることが。

「さあ、もうちょっとがんばって歩きましょう」

私はおかあさんの手を取る。再び水中を歩きはじめる私たちの背後で、あの人はプールから出たようだ。ずうずうしい女の人たちがばちゃばちゃとあの人の邪魔をするプールにも、あの人に片恋する陰気な中年女にも、あの人は用などないのだ。


フィットネスクラブから家に戻ると、おかあさんはカルボナーラスパゲティを作り、食べ終わると、午後は絵を描くことにしたわ、と言った。おかあさんは、画家だ。

私は出かける仕度をした。私が出かける予定なのを知っているから、おかあさんは絵を描くことにしたのだと思う。

家を出ると、また隣の家の奥さんに会った。どこからか帰ってきた奥さんが、家に入ろうとしているところに行き会ったのだ。

「あら。またお出かけ？」

奥さんは愛想よく微笑んだ。

「ええ。仕事なんです」

と私は答える。

待ち合わせした店の地図は昨日ファックスで送られてきていた。私はめったに街を歩かないので、有名なビルや劇場の名前を出してその中とか裏だとか言われても、まるでわからない。

2

そこは街の中のもう一つの街のような複合施設だった。オープン記念フェアの旗があちこちに飾られている。そういえばニュースか何かで同じ風景を見たことがあるような気もする。ばかに広くてややこしい作りになっていて、指定されたイタリアンレストランを探し当てるのにさらに歩き回らなければならなかった。テラスの席に、おとうさんはもう来ていた。

「ごめんなさい、遅くなって」

おとうさんはにこにこしながら、向かいの椅子《いす》を促す。オリーブ色の麻のスーツに、黒いTシャツ。おとうさんはおかあさんよりちょうど十歳年下だから、今年六十になるはずだが、年齢よりずっと若く見える。まるで、おとうさんがとるはずの歳《とし》を、おかあさんが代わって引き受けているみたいに。

「昼食は？」

「食べてきました」

「そう。じゃケーキを食べよう」

カプチーノ二つ、というオーダーを受けたウェイターが、ケーキを載せたワゴンを押してすぐに戻ってきた。銀色のワゴンに、何種類ものケーキが宝石をちりばめたように並んでいる。

「この前ＯＬ百人の何とかってテレビで、ナンバーワンになったたっていうやつはどれ？」

おとうさんが訊《き》き、

「ああ。それはこちらの……」

と、クレープで包んだ茶巾寿司《ちゃきんずし》みたいな形のを、ウェイターが指す。

「ああそれなの。なんだか地味な外見だなあ」

中にチョコレートとクリームが……と説明しようとするウェイターを遮って、

「僕はそれはいいや。こっちの、苺《いちご》のやつを頂戴《ちょうだい》。美邑《みゆう》はどれにする？」

とおとうさんは言い、

「じゃあ、私がそっちをいただくわ」

と私は言う。

「それでいいの？　もう一つか二つ、頼んだら」

私は辞退する。一つ食べるのだってやっとなのに。

「元気だった？」

ウェイターがいなくなると、おとうさんはいつものようにそう訊いた。ええと私は答える。おかあさんと同じように、おとうさんも、私が「ええ」としか答えないことを知っていてそう訊くのだ。

「おかあさんも？」

「ええ」

「この前の絵、先方がえらく喜んでいたよ。それでね、今度のお客さんも、その人からの紹介なんだ」

おとうさんはいろいろな仕事をしているが、画商もその中の一つだ。と言っても取引している画家が、おかあさんのほかにいるのかどうかはわからない。ようするにおとうさんは、ほかの仕事で知り合ったお金持ちが家を建てたり店を開いたりするときに、おかあさんの絵を紹介して、売ってくれるのである。おかあさんは画家としてそんなに有名ではないけれど、知っている人は知っているから、うまく話を持っていけばそれなりの値で売れるのだとおとうさんは言う。

ぎゃくに言うと、今おかあさんが付き合っている画商はおとうさんしか描かない。もう個展も開かず、おかあさんは今では、おとうさんから頼まれた絵しか描かない。でも、その収入と、それとはべつにおとうさんが毎月振り込んでくれるお金を合わせると、私とおかあさんが二人で暮らすには十分な額になる。

「花か鳥の絵がいい。できればその両方が入っているのが。動物でもいいよ。エスニックな感じで」

以前は、すでに描き上がっている絵を売っていたが、最近は客の注文が先にあり、それに沿ったものをおかあさんが描く。今度の客は別荘に飾る絵を求めていた。南伊豆にあるというリゾートマンションの内部を撮った何枚かの写真を、おとうさんは私に見せた。おかあさんが依頼主に直接会いもせず描いて、先方が気に入らなかったらどうするの？　と私はかつて一度だけ訊いたことがある。大丈夫、カーテンみたいなものなんだから、というのがおとうさんの答えだった。

写真を封筒に戻しバッグにしまうと、それで私の「仕事」は終わってしまう。それからしばらく、私とおとうさんは、してもしなくても同じような話をする。私とおかあさんは、プールに今週は三回ではなく四回行ったとか。今日、カルボナーラを作っているときにベーコンがはねて、おかあさんは右手の人差し指にちょっとした火傷《やけど》をしたとか。おとうさんのほうは、いつもたいていそうだが、どこどこの店でタレントの誰々に会った、というような話をする。

二杯目のカプチーノも飲み終わり、もう席を立ってもいいかしら、と思ったとき、

「今日はまだ時間あるかな？」

とおとうさんが訊いた。

おかあさんはアトリエのソファーで毛布にくるまっていた。ただいま、という私の声に身じろぎし、毛布の中から目だけ出して、どうだった？　と訊く。ええ、この前の絵はとても評判が良かったそうよ、と私は答える。

「評判がね」

おかあさんは馬鹿《ばか》にしたように言い、のろのろと体を起こす。腰に毛布をたぐませ、ぼさぼさの髪をかき上げながら、つまらなそうに、ソファーの前の描きかけの絵を眺める。今描いているのは、薔薇《ばら》の絵だ。三枚頼まれたうちの最後の一枚。三枚の薔薇の絵は、スペインふう居酒屋の壁を飾ることになっている。

「どうもだめね。体力がなくて。一時間も描いていると、腰がだるくなってしまう」

絵が描けないのは体力が理由ではないだろう。おかあさんの画才はたぶんとっくに枯渇《こかつ》してしまっているのだ。おかあさんはつまらない絵を描かされているのではなくて、つまらない絵しかもう描けない。そのことを認めたくないから、おかあさんはもう絵を描きたくないのだろう。

でも、おかあさんは描くしかない。お金のためは方便で、本当のところは、おとうさんに捨てられないために。おかしなことだと私は思う。おかあさんは、とっくにおとうさんに捨てられているというのに。

「お店、どうだった？　今日は麻布だか六本木だかまで呼びだされたんでしょう？」

どうでもよさそうにおかあさんは訊き、

「ええ。出来たばかりのイタリアンレストラン。ケーキを食べたわ。今ふうに、こぎれいに作ってあったけど、味はまあまあかしら。ケーキがあの程度なら、お料理もたいしたことないと思うわ」

私は、おかあさんが答えてほしい通りに答える。

「いかにもおとうさんが好きそうなお店ね」

「ええ。途中でシェフが挨拶《あいさつ》に来たわ」

「あいかわらずね、おとうさんは」

「ええ。元気そうだったわ。そうそう。干しイチジクをおかあさんにって。山のようにもらってきたわ。それにドライトマトも」

干しイチジクはおかあさんの好物だ。本当は、店先のワゴンに並んでいたのを、私がおとうさんに言って買ってもらったのだ。が、とにかくおかあさんは私のその言葉で、ようやくソファーから立ち上がる。

その夜の食事のメインは、ドライトマトをふんだんに入れたほうぼうのアクアパッツァになった。魚料理は好みなので私は無理をすることもなかった。けれども、食事が半分ほど進んだところで、おかあさんは私の顔を覗《のぞ》き込み、

「ちょっと塩がきつかった？」

と訊いた。

「ううん。ちょうどいいわよ。ぴったりの塩梅《あんばい》」

私はちょっとちゃかして答えたが、そう？　とおかあさんはさらに私の顔を見た。

私は急いで視線を逸《そ》らして、ほうぼうの身をむしることに熱中しているふりをした。私が隠し事をしていることが、やっぱりおかあさんにはわかってしまうのだろう。

私は今日、藍子《あいこ》さんに会ったのだった。おとうさんの「婚約者」だという女《ひと》に。藍

子さんは私と同い年。それがわかったのは、藍子さんが私に年齢を訊《たず》ねたからだった。あらいやだ！　あたしたち同い年なんだわ、知ってた洋一さん？　と藍子さんは甲高い声を出した。マリリン・モンローみたいな、真っ白なホルターネックのワンピースを着ていた。ふさふさとマスカラをつけていて真っ赤な唇で、香水の匂《にお》いがした。洋一さんと呼ばれたおとうさんは、一瞬、私と藍子さんとを見比べて困った顔をした。そうか、いや知らなかったよ、美邑はもうそんなになるのか。そんなにですって？　失礼ね。ねえ美邑さん、失礼だと思わない？　と藍子さんは身を乗り出して、私の腕に触った。

彼女をぜひ美邑に会わせたかったんだよ、できればそのうち、そちらの人にも会ってほしいと思っているんだ。おとうさんは私と話すときは「おかあさん」と言い、恋人の前では「そちらの人」と言うのだった。二人はひと月ほど前からおとうさんのマンションで一緒に住んでいて、秋になったら、結婚式を挙げるのだそうだ。まずハワイで。そのあと東京で。東京のほうに、私とおかあさんにも来てほしいとおとうさんは言った。それが、今日の用件のひとつ。それから——

おかあさんが、フォークをかちゃん、とお皿に置いた。

「塩気がきつく感じるのはドライトマトのせいね。甘味がないでしょ？　たぶん天日じゃなくて、機械で乾燥させてあるのよ。だめね、このドライトマトは」

以前に気に入って使っていたのと同じ銘柄よ、と私は心の中で言ったがもちろん口には出さなかった。私が隠し事をしていることに感づいて、その隠し事が自分を傷つけるものであることに感づいて、おかあさんはドライトマトを攻撃しているのだ。そんなおかあさんに、おとうさんの結婚式に出てほしいなんて、どんなふうに頼めばいいというのだろう。私は、おとうさんと藍子さんを憎んだ。

「これはもうやめにして、鰻《うなぎ》のしぐれ煮でお茶漬けでもしない？」

ええ、そうねと私は答える。お茶を沸かしに立ったおかあさんに続いて、私がアクアパッツァの鍋《なべ》を持ってキッチンへ行くと、おかあさんは鍋の中身を、ためらいもなくゴミ箱に捨ててしまう。

今夜の食事はもう一度やり直しだ。食べることは私とおかあさんの唯一《ゆいいつ》の贅沢《ぜいたく》で、たぶん、私たちがまだちゃんと生きているという証《あか》しなのだもの。

同じように日々を重ね、年を重ねているようでも、人間には、生きていく人と、死んでいく人がいるのだと思う。おとうさんや藍子さんは生きていく人たち。藍子さんと同い年でも、私は、おかあさん同様、毎日少しずつ死んでいく人間なのだろう。

3

私は、何もしないまま今日まできた。いいことをした人は、天国へ行く。悪いことをした人は、地獄へ行く。それなら私は死んだら、どこへ行くのだろう。死んでも行くところがないのだろうか。この頃よくそう考える。

二十五のとき、はじめてのキスをした。私は、大学を出てすぐ就職した会社のOLで、相手は同じ課の上司だった。デートに誘われたとき、とても嬉《うれ》しかった。ずっと憧《あこが》れていた人だったから。洒落《しゃれ》た地中海料理のレストランへ行き、そのあとジャズのかかるバーへ行った。タクシー乗り場へ向かう途中でその人が何気なく道をそれて、暗い公園の中のほうへと私を促したとき、少し恐《こわ》かったが、黙って付いていった。そういうことを、ほかのみんなは平気でしているのだろうと思ったし、みんなが平気なことならば、私にだってできるだろう、と思ったから。

公園の中には、私たちと同じようなアベックがたくさんいた。夜行性の動物の番《つが》いのように、暗がりに目を凝らすと必ず潜んでいるのだった。その人は私の肩に腕をまわした。私はどきっとしたが、それは、まだ占有されていない暗やみを探すために、その人が焦《あせ》ったためだった。その人はレストランでもバーでもずいぶん飲んで、かなり酔っていた。

公衆トイレの裏の木の陰にようやく場所を見つけると、その人は私を木の幹に押しつけるようにして、キスをした。ざらざらした大きな舌が私の口の中に入ってきた。苦しくて顔を背けるとその人の手が私の頬を支えて動かないように固定した。もう片方の手は私の胸を撫《な》で回して、服の上から乳首の在処《ありか》を探そうとしていた。

私は腕を突っ張ってその人を押しやった。そんなに強く押したわけではない。けれども、たぶん、その人が酔っていたことと、私が押すなんてその人が夢にも考えていなかったことが原因で、その人はよたよたと後退したと思ったら、尻餅《しりもち》をついてしまった。その人はしばらくの間、呆気《あっけ》にとられた顔で私を見上げていた。それから、なるほど、あんたが処女だという噂《うわさ》はやっぱり本当だったんだね、と言った。

その人は立ち上がると、今度は、おいおまえ、と言った。私はぎょっとしたが、「おまえ」というのは私のことではなかった。私が押しつけられていた木のうしろの繁《しげ》みの中に向かって、その人は話しかけていたのだ。おいおまえら、もうここで見てたって無駄だぞ、だってこの人は、処女なんだからな、と彼は言った。すると繁みの中から男が二人出てきて、にやにや笑いながら私を上から下まで睨《ね》め回した。男たちは揃《そろ》って黒っぽい服を着ていて、顔までうす黒かった。

やがて男たちは立ち去っていったが、私には何が何だかわからなかった。どうして男たちがここにいたのか。どうしてその人はそれを知っていたのか、知っていながら黙っていたのか、黙って、私の口の中に舌を差し込み胸を撫で回したのか。それから十年が経《た》った今では、夜の公園にはアベックとともにあの男たちのような「覗《のぞ》き屋」が徘徊《はいかい》しているのだ、ということを私は知識として得ているけれど――

翌日から、私は会社に行けなくなった。会社にはあの男たちがいて、私がデートした相手や、同僚の女の子たちと一緒になって「あいつはやっぱり処女だったんだね」と、私のことを笑っているような気がした。同じ頃、おとうさんがおかあさんを捨てた。しばらく前から関係していた女性――もちろん藍子さんではない。私が物心ついたときからおとうさんには女性が絶えなかった――の家からとうとう戻ってこなくなったのだった。

おとうさんの代理人だという男性が、おとうさんの名前が記してある離婚届を持ってやってきて、おとうさんは浮気しているのではなく、おかあさんを捨てたのだ、という事実がはっきりすると、おかあさんは狂乱状態になった。泣いたり笑ったり怒鳴ったりお皿を割ったりキャンバスを引き裂いたり頭から水をかぶったりするおかあさんを、私はぼんやり眺めていた。電話は鳴り続け新聞や郵便はポストから溢《あふ》れた。電気は夜通し点《つ》いていることもあったし、一日中真っ暗な日もあった。

砂あらしのような疫病《えきびょう》のようなその時期がようやく過ぎたとき、私は、自分の一部とおかあさんの一部が同化してしまったことに気がついた。開腹手術をしたあと、運が悪いと内臓と内臓がくっついてしまうように。そうして、私とおかあさんは、互いに身動きがとれなくなった。

「おかあさん、私ちょっと出かけてくるわ」

ハーブを植えたプランターの前にかがみ込んでいたおかあさんは、びくっとして顔を上げる。

「どこに……？」

「ええ、ちょっとそこまで」

おかあさんの顔に驚きと脅《おび》えが浮かぶ。私が行き先を曖昧《あいまい》にしたまま出かけるというのが、信じられないのだろう。私はおかあさんを保護していると思っているが、おかあさんは私を保護していると思っている。つまりそんなふうに私たちは互いを縛り合っているのだろう。

私は、何か言うべきことを探しているおかあさんの顔から急いで目を逸《そ》らして、

「夕方前には帰るわ」

とだけ言って、家を出た。

もったいぶる理由など本当はなかった。私の行き先は、フィットネスクラブなのだから。でも、これからプールに行ってくるわといえば、おかあさんは、昨日も行ったのになぜ今日も行くのかと訊《き》くだろう。それに、口には出さないかもしれないが、なぜ一人で行くのかとも思うだろう。どちらの問いにも、私は答えたくない。

それにしても、フィットネスクラブか。私はひどく可笑《おか》しくなる。私はこんなにどきどきして、ものすごい親不孝をしたような気がしているのに、結局行き先はフィットネスクラブ。おとうさんに会いに行くほかに、私が出かける先といえば、この世の中にフィットネスクラブと近所のスーパーマーケットと、せいぜい図書館くらいしかないわけだ。

そういえば図書館で、フィットネスクラブの会員とばったり出会ったことがあったと、私はふと思いだす。名前は知らないが、風采《ふうさい》が上がらない男の人だった。向こうから声をかけてきたのだ。古本屋だとかで、あのとき図書館で見つからなかった本を

探してくれると言っていた。そんなふうに他人が熱心に私たちに近づいてこようとすることに、私もおかあさんもちょっと驚いたものだが、結局あれからひと月が経って、あの人はプールで会っても何も言ってこない。本の話どころか、目を合わせようともしない。誰かに何か言われたのかもしれない。OL時代、私が処女だと知らないうちに噂になっていたように、フィットネスクラブでも何か噂がたっているのかもしれない。あの本に関しては、どっちみち一年に数回あるおかあさんの気紛《きまぐ》れに過ぎなくて、おかあさんはもう書名すら覚えていないだろうけれど――

今日、私はいつものように服の下に水着を着てこなかった。更衣室で裸になるのには勇気が要った。貧弱な胸にがんじがらめにバスタオルを巻きつけ、慌《あわ》ただしく水着を引っぱり上げても、まだ裸でいるような感じだった。おかあさんが一緒ではないからだ、と気がついた。

私は俄《にわか》に怖《お》じ気《け》づいて、もう少しで逃げ帰るところだったが、なんとか温水プールまで歩いていった。いつもよりずっと、あの人に会いたかったし、会いたくなかった。あの人が、プールの中ではなく、ジャクジーに浸《つ》かっているのを見たとき、そうして、あの人が、私のほうをじっと見ているのがわかったとき、私は自分が今にも叫びだすか昏倒《こんとう》するんじゃないかと思った。が、どうにか私は第六コースに入った。あの人だけではなく、温水プールにいる人たちみんなが、こちらをじろじろ見ていた。一人でいるのがめずらしいのか、あるいは、見たことがない女に見えるのかもしれない。

みんなに見られていると思うと、裸でいるかのような感じは、いっそう大きくなった。けれども、私は次第にそのことが心地よくなってきた。あの人以外の人たちは私の意識から消えていき、あの人だけに見られている気持ちになった。コースを歩いて二往復したあと、私は思いきって水の上に体を伸ばして浮いてみた。このプールに通うようになってから六ヶ月が経つがそんなことをするのははじめてだった。おかあさんと一緒のときは、水に顔をつけたことさえなかったのだ。でも、私は泳げるはずだった。最後に泳いだのはいつだったか——高校の体育の授業かもしれない。五十メートルをクロールで泳ぐことが学期末の課題で、途中で立ってしまう子も何人かいたが、私はちゃんと泳ぎきったはずだ。

手をまっすぐ伸ばし、浮かんでいると、あの人の前であられもない姿で身を延べている感じがした。心臓は恐ろしい早さで打っていたが、恐くはなかった。腕をまわし、水を掻《か》いてみた。自分が息を吐くごぼごぼという音が大きく聞こえてびっくりしたが、さらに掻いた。何か狭い穴を無理やり通り抜けるような感じで体が前に進んだ。もうとても無理だと思って私は立ち上がったが、あの人の目がまだこちらを向いているのをたしかめると、もう一度水中に身を投げた。私は水を掻き、また掻き、苦しくなると、無様な姿勢で息継ぎをしてまた掻いた。水が私の腋《わき》の下やお腹《なか》や足の間をふるえながら滑《すべ》っていった。私はあの人に見せつけるように、あの人に向かって泳いだ。

フィットネスの帰り、私はマクドナルドに寄った。一人で飲食店に入ることもこの十年間一度もなかった。びっくりするほど晴れやかに笑うウェイトレスからコーラとハンバーガー一つを買い、壁際《かべぎわ》の席に座った。半端《はんぱ》な時間のせいか、店内はがらんとしている。

何時間も水の中にいたように思えたが、実際には私はプールに三十分もいなかった。疲れ切ってとうとう泳ぎやめたとき、あの人の姿はもうなくて、ただ何人かの人たちが、見ないようなそぶりで私のほうを窺《うかが》っていた。

コーラだけをあっという間に飲んでしまい、私は仕方なく、ハンバーガーの包みを開けて齧《かじ》ってみる。もう冷めかけていて、奇妙な油っぽい匂《にお》いが鼻についた。自分が意味のないことをしているのはわかっていた。一人でプールへ行き、食べたくもないハンバーガーを食べたところで、何一つ変りはしない。

たとえば十代の頃は、こういう店にもよく来た。休日に、友だちと映画を観《み》に行ったり、買い物に出かけたりし、ハンバーガーやフライドチキンをぱくついた。今日の翌日には明日がやってきて、明日の次には明後日になる。それ以外の時の経ちかたなどあるはずもないのに、どうして私だけがみんなと違う場所にいるのだろう。

私はまた藍子さんのことを思いだした。私と同じ歳《とし》だという藍子さんの、ぴかぴか光る頰や、堂々とした胸のふくらみや、自信に満ちた笑いかたを。私があの人を思って自分の指で自分を慰めているとき、藍子さんはおとうさんにたっぷり愛されているのだ、きっと。

そのとき私の目は店の入り口に釘付《くぎづ》けになった。あの人が入ってきたからだ。あの人の目がちらっとこちらに向いたので、私は一瞬、あの人が自分を探しに来たのだと思った。けれどもあの人はすぐに私から目を逸らし、私の前を通り抜けると、一つ置いた隣のテーブルの前に立った。その席には私が来る前から女性が一人座っていたが、あらためて窺い見ると何となく見覚えのある顔だった。そうだ、彼女は以前に、フィットネスクラブの受付に座っていた人だ。

あの人は椅子《いす》には座らず、ポケットから何かを出して、テーブルの上に置く。私は思わず首を伸ばした。鍵《かぎ》だった。女が何か言う。あの人はくるりと背を向けてテーブルから離れようとする。待ってよ、と女が叫ぶ。あの人は振り返らない。女はガタンと大きな音をたてて立ち上がり、飛びかかるようにしてあの人の腕を摑《つか》む。あの人はようやく振り返るけれど、その目は女の顔ではなくて、自分の腕を摑んでいる彼女の手を見ている。

「放せよ」

とあの人は、冷たい、低い声で言った。

「待ってよ。ぜんぜんわかんない。説明してよ。なんでなの？」

と女が、さらにもう片方の手も、あの人の腕に巻きつけながら言う。

「だから言ったろ？　女ができたんだって」

「嘘《うそ》よ」

「嘘じゃねえよ」

「嘘。ぜったいに嘘。ねえ、どうしてそうなっちゃうの？　あなたって。何でも面倒くさがって、すぐ別れるって言って……」

「あーあーあー、うるせえなもう」

あの人は女に摑まれている腕を、乱暴に振りほどいた。はずみで彼女は私の隣のテーブルにしたたかにぶつかる。

「栄二《えいじ》！」

ほとんど泣き叫ぶような声を女は出し、ああ、あの人の名前は栄二というのだ、私がそう思ったとき、あの人が私の視線に気がついた。

「しずかにしろよ。おばさんがびっくりしてるだろう」

あの人は笑いもせずにそう言うと、もう私のことも、女のことも一瞥《いちべつ》もせずに、というより私たちなどそれきりこの世から消え去ったかのように、ゆらりと体を傾けて、すうっと店を出ていった。

私も間もなく店を出た。元受付嬢はテーブルに突っ伏して泣いていた。私が席を立ったとき、泣きはらした目を上げて私を睨《にら》んだ。

家に帰る前に私は本屋の前の電話ボックスに入った。おとうさんから教わった携帯電話の番号にかけると、藍子さんが出た。

「この前のお話、お願いします」

と私は言った。

4

玉ねぎを炒《いた》める甘い匂《にお》いが、家じゅうに漂っている。

おかあさんは小一時間前からコンロの前に立ち、木ベラを持った手を休みなく動かしている。大きな中華鍋《ちゅうかなべ》に山盛りあった玉ねぎは、炒め続けられて今は三分の一ほどの嵩《かさ》になり、ねっとりと飴色《あめいろ》に光っている。

「かわりましょうか？」

声をかけると、

「大丈夫、もうすぐできあがるから」

と、おかあさんはさっきと同じように答える。おかあさんが作ろうとしているのはオニオングラタンで、美味《おい》しいオニオングラタンを作るためには、大量の玉ねぎの薄切りをゆっくり時間をかけて飴色になるまで炒めなければならない。

私はたまらなくなって窓を開けた。六月の陽気にコンロの熱が加わって、エアコンをつけていても家の中はどんよりと蒸し暑い。おまけにこの匂い。そもそもオニオングラタンは、真冬の食べ物なのに。

「どうしてあんな夢を見たのかしらねえ」

私が窓を開けたのに気づかないふりをして、おかあさんはまたそのことを言う。夢の話は朝食のときすでに聞いていた。おかあさんは昨日、オニオングラタンスープの夢を見たのだそうだ。

「おかしいわね、この暑いのにかまくらなんて。かまくらのねえ、雪の壁がぱかっと開いて、その向こうがオーブンみたいになってるのよね。その中にオニオングラタンが入ってるの。ああおいしそうだったなあ、あのオニオングラタン……」

私は黙って聞いていた。おかあさんの夢についての感想は朝全部言ってしまったから、もう言うべきこともない。

「ばかみたいね、それでこんなに暑い思いして、ふうふう言って玉ねぎを炒めてるなんて」

隣の奥さんや、プールで会う人たちに見せたいわ。それを私は、心の中で言った。おかあさんは喋《しゃべ》り続ける。私が答えるまで、喋り続けるつもりなのだろう。

「だけど食べることに熱心になるのは、しかたがないわね。食べたいものしか食べたくない、と思ってしまうのよ。もうあと何回食べられるかわからないもの。もう、そんなには生きられないもの、おかあさんは……」

ほんとう？　と私は呟《つぶや》いたのだと思う。え？　とおかあさんが聞き返す。

「なんでもないわ。ほら、そろそろ焦《こ》げつくんじゃない？」

と私は言った。


玉ねぎを炒め終わるとおかあさんは汗だくになってしまい、オニオングラタンは昼食ではなく夕食に食べることになった。お昼ご飯どうしようか、T飯店に行って冷麺《れいめん》を食べるというのはどう？　とおかあさんは、疲れ切った顔に無理やり笑顔を浮べて提案したが、それは無理だわと私は言った。

「私、これから出かけるのよ」

「あら。そうだったの」

どこへ行くの？　とはおかあさんはもう訊《き》かなかった。この前のように曖昧《あいまい》な答えが返ってくるのが恐《こわ》くて、訊けないのだろう。ひどく動揺しているのはあきらかなのに何とか普通に振る舞おうとしているおかあさんが、私はきゅうに気の毒になって、

「夕ご飯には帰ってくるわ。だって今日は、オニオングラタンだものね」

と約束した。

今日の待ち合わせは、都心の大きなホテルだった。ここは以前の会社の近くだった

から、地図なしでも辿《たど》り着けた。といっても、やっぱり少し遅れてしまい、ロビーにはおとうさんと藍子さんと、私の見合い相手――藍子さんの従兄《いとこ》だという男性――が、もう揃《そろ》っていた。

「こちらが麻生史哉《あそうふみや》くんだよ、麻生くん、これが娘の美邑です」

おとうさんが双方を紹介したあと、私たちは場をホテル内のカフェに移した。今日はカジュアルな席にしたいと思ったから、あえて個室はとらなかった、とおとうさんは言った。この前、話のついでみたいにこのことを持ち出したときも、おとうさんは「お見合い」という言葉は使わず、「藍子さんの従兄に会ってみないかい？」と言ったのだった。中庭に面したテーブルの、窓際《まどぎわ》に私とおとうさんが、向かい側に藍子さんと麻生さんが座った。結局いかにも「お見合い」という図式になったが、他人の目からは案外おとうさんと藍子さんのお見合いに私たちが付き添っているようにも見えそうだった。

麻生さんは、色白で癖っ毛でぽちゃっとした人だった。私より五つ年上の四十歳ということだったが、歳《とし》よりもずっと若く見えた。昨年からおとうさんの事務所で働いているが、それまではパリやロンドンで暮らしていて、詩作の勉強をしていたのだそうだ。つまり裕福な人なのだろう。コットンパンツにカッターシャツという軽装にも、お金がかかっていることが見てとれた。麻生さんのプロフィールを教えてくれたのは本人ではなくて専《もっぱ》ら藍子さんだった。藍子さんが自分のことを話している間、麻生さんは他人事みたいな顔で退屈そうに紅茶をすすっていた。

「史哉さんのお父さんはT大で文学を教えてるの、だからほら、育った環境なんかも、美邑さんのおうちと近いと思うのよね。芸術系といったらいいかしら」

今日はチャイナドレスふうの、ぴったりした濃紺のドレスを着ている藍子さんが言い、すると麻生さんが、突然口を開いて、

「僕、美邑さんのお母様のことを知っていますよ」

と言った。

「現代アーチスト五十選、みたいな画集が我が家にありましてね。その中にあるお母様の花の絵が、僕、小さな頃から気に入っていたんですよ」

「……ありがとうございます」

私は微笑《ほほえ》んだが、ほかにどう言っていいかわからなかった。おとうさんが、

「それは、サモワールに差した薔薇《ばら》の絵でしょう？」

と引きとった。ああそうか、そういうふうに応じればよかったのだ、と私は思う。サモワールの薔薇の絵は、おかあさんの代表作だ。唯一《ゆいいつ》の。

それから私たちはしばらくその場所にいたが、喋るのはおとうさんと藍子さんばかりだった。私はときどき頷《うなず》いたり、どうにか微笑んだりしながら、麻生さんを観察し、同じように麻生さんが私を観察しているのを感じていた。そうして、観察の結果、麻生さんはあきらかに私に失望しただろう、麻生さんだけでなく、藍子さんも、おとうさんも——そう確信したとき、

「美邑さんさえよかったら、僕、もう少しお話してみたいな。二人だけで」

と、麻生さんが言ったのだった。

ホテルの前で、おとうさんと藍子さんに見送られ、私と麻生さんはタクシーに乗った。

タクシーの中で、麻生さんは携帯電話を使って店を予約した。ビルの地下にあるそこはやっぱりカフェのようなレストランのような体裁だったが、「すくなくともさっきの店よりはましですよ」と、麻生さんは言った。

まだ四時前だったが私たちはビールを飲んだ。飲みましょうよと麻生さんが言ったのだ。麻生さんはビールと一緒にセブンスターも注文して、吸いはじめた。「かまわないでしょう？　こうなったら」と麻生さんは私に笑って見せた。「こうなったら」

とはどういう意味なのか、麻生さんが私をこの店に連れてきたのは、私を気に入ったからではない、その逆で、私とのことがどうでもよくなったからなのかもしれない。私はそう考え、するとむしろ気楽になった。

さっきとは別人のように、麻生さんはよく喋った。女の人のことと か、さっき藍子さんが語ったプロフィールを、あらためて自分の口で語り直した。麻薬の話も出てきたけれど、私にはさっきの話とさほど違いがあるようには思えなかった。ただひとつ、私にわかったのは、麻生さんも私と同じように、何もしないで生きてきた人なのだ、ということだった。そうして、私はそのことを知っているけれど、麻生さんは、自分がそういう人間だということに、気づいていない。だから、私のほうが有利である気がした。そう、有利。それも私だけが気づいていることだった。

私は麻生さんに、フィットネスクラブで最近よく聞く話をした。スイミングの進藤コーチの奥さんが、行方不明になったという話。でも、今はもう居所はわかっているらしい。

「つまりたんなる夫婦げんかだったということ?」

麻生さんはつまらなそうに訊いた。そう言われれば、そうなのかもしれない。実際のところ、私は更衣室やプールサイドの噂話《うわさばなし》に加わったことなどないのだから、たまたま聞こえてくる言葉以上のことはわからない。

「たんなる夫婦げんかではないんでしょうね」

それなのに、私はそう言った。

「だって奥さんはいまだにコーチの元へ戻っていないんですもの」

「恋人がいるんだろう、その奥さんには」

「そうかもしれませんね」

私はそう答えたが、心の中では、そうじゃない、と思っていた。そんな話は聞こえてこなかった。もしかしたら奥さんはもうコーチの家に戻っているのかもしれない。でも、奥さんはきっと、いまだにどこかへ行ったままなのだ。

ビール、そのあとはワインを、私はどんどん飲んだ。麻生さんは――隠そうとしていたが――少なからずびっくりしているようだった。けれども私はすでに、決めていたのだ。この夜は麻生さんが考えているように彼のものなのではなくて、私のものなのだと。私はふと腕時計を見た。いつの間にか六時を過ぎている。おかあさんが私の帰りを待っているだろう。オニオングラタンを用意して。

「そろそろお開きにしましょうか」

私の動作に気づいたのだろう、麻生さんはそう言ったが、

「どこかへ行きましょう」

と、私は言った。私をどこかへ連れて行ってください、と。

あの人は、きっとゆっくり時間をかけて私の服を脱がすだろう。あの人はいかにも乱暴で、ぞんざいそうに見えるけれど、きっと女性を抱くときだけは、いやらしいほど丁寧に違いない。あの人は、私のブラウスのボタンをひとつずつたしかめるようにはずし、大きくてざらっとした手を滑り込ませて、まず私の鎖骨をなぞるだろう。

――麻生さんはラブホテルを利用するのがはじめてのようだった。そうじゃないふりをしていたが、私にはわかった。もちろん私もはじめてだったが、二人はさして戸惑うこともなく部屋に入れた。こういう場所は、そういうふうに――ごく簡単に事が運ぶように――できているのだろう。麻生さんはベッドに座ると煙草《たばこ》に火をつけ、あらぬほうを見ながら、「こういうことになるとはね。はっは」と少し笑った。それから「とりあえずシャワーを浴びますか？」と訊いた。

そうか、こういう場所では、まずシャワーを浴びるのだ。あの人も浴びるだろうか。いいえあの人はそうしない気がする、ただ私を浴室に行かせることはするかもしれない。私がふと振り向くと、あの人は浴室のドアを半分開けて、何か面白いものでも見るように、私の濡《ぬ》れた裸体を眺めるのかもしれない。

——私と入れ替わりにシャワーを使った麻生さんは、腰にバスタオルを巻いて戻ってきた。ベッドに横たわる私を見下ろし、「あなたは大人の女性ですよね、そうでしょう?」と言う。私は、ええ、と頷いた。「僕らはこの先どうなるかわからない。これきりかもしれないし、また会うのかもしれない。もちろん結婚する可能性もあるけど、結婚には至らないかもしれない。とにかく僕らは今日、こうなることになったわけで、それを選んだのは僕でありあなただ、そう思っていいんですよね?」ええ、と私はもう一度頷いた。

あの人が私に覆《おお》いかぶさってくる。あの人の手が私の乳房の上でうごめき、私の乳首をつまむ。それはもう十分固くなっているのにさらに固く尖《とが》らせるように、あの人の指は執拗《しつよう》に動く。私の体の貧弱さが、ぎゃくにあの人を燃え立たせている。あの人は私を、目の前の体を、あの人にふさわしいものに変えようとしているのだ。あの人は考えたり躊躇《ちゅうちょ》したりしない。すでにあの人自身ではどうにもならない力にとらわれて、あの人は私の体を粘土のようにこねまわす。こねられるほど、私の体の隅々は固くはりつめていき、もうはじけてしまう、と思ったとき、あの人が私を貫く。あの人があの人があの人が。

——麻生さんがぎょっとした顔で動きを止めた。私が叫び声を上げたからだ。そうして間もなく、麻生さんも小さく叫んだ。私は痛みに強《こわ》ばる体をどうにか起こした。それから、シーツを染め抜く自分の血を見た。

クラプトンと骨壺《こつつぼ》

I

昨日の夜、冴美《さえみ》先生に会った。

最近さかんにテレビに取り上げられているラーメン屋の、ばかげて長い行列の中に、冴美先生は並んでいた。この暑いのに黒いビニールガッパみたいなのを羽織って、じっと前方を見据えていた。列の先にあるのがラーメン屋じゃなくて食糧配給所か何かみたいに。

六本木の裏通り。あれはぜったい冴美先生だったとあたしは思う。冴美先生、つまり進藤コーチの奥さんを、フィットネスクラブで見かけたのは数回だけで、だからあたしは、彼女の顔をほとんど覚えていない。ブスだったのか進藤コーチの奥さんにしては見られた顔だったのか、背が高かったのか髪が長かったのか短かったのか、何一つ印象に残っていないのだが、それでもあのラーメン屋の前にいたのは冴美先生だった、と考える。

一週間くらい前も、新宿駅で見かけた気がした。冴美先生は若いカップルを呼び止めて、首から下げた携帯電話の使い方を訊《き》いていた。冴美先生が頭を何度も下げながら後ずさりして離れていくと、茶髪の少年と少女は顔を見合わせてにやにや笑った。ぜんぜん生徒が入らないフラメンコ教室のインストラクターだった冴美先生が失踪《しっそう》したという話を聞いて以来、あたしはこれにはまっている。一種の遊びだ。何が面白いんだか自分でもわからない遊び。

「冴美先生を探せ」の前は、もっと単純な遊びだった。マンションから駅へ行く途中にある取り残されたみたいな古い大きな家の、通りから見える座敷にかかった日めくりを見る遊び。

座敷にはおじいさんが寝ていておじいさんは点滴に繋《つな》がれていて、点滴台のすぐうしろに、田舎のうどん屋によくあるような大きな文字の日めくりが掛かっていた。日めくりはめくられないことが多いみたいで、たいてい二、三日ずれていた。三日(火)なのに三十一日(土)とか、ひどいときには一週間もそのままとか、そんな日めくりをあたしは毎朝チェックして、その日を日めくり通りの日付だと思うことにしていた。思うだけでべつに何をどうするというわけでもなかったのだが。その家でも、ときどき誰かが日めくりに気づくらしくて、半月に一度くらい、正しい日付になった。

そのとき時間が飛ぶ感じも好きだった。

この遊びはある日ぷっつり終わりになった。おじいさんがいなくなったからだ。日めくりはそのまま壁に掛かっていたが、もうどうでもよくなってしまった。しばらく経《た》って、あたしはおじいさんの出棺に行き遭った。近所の人のうしろで、あたしもちょっとだけ足を止めて見送った。


今日はめずらしくレイラが朝来た。

レイラはあたしが産んだ子。ただし幽霊。これは遊びじゃない。本当のことだ。

レイラは朝食のシリアルを食べたがった。ドライフルーツの赤い実がほしかったのだろう。でも、レイラはこの世の子供じゃないから、食べられない。以前、何度か試したことがあるのだが、レイラの小さな唇を、スプーンはただ通り抜けるばかりだった。レイラはあたしに教えてくれたり、導いてくれたりすることさえあるのに、あたしが食べているものを自分は食べられない、ということだけが理解できないようだ。だからあたしはレイラが来そうなときは、レイラの目に留まるようなものはなるべく出さないようにしているのに、今朝はちょっと油断してしまった。赤い実をやっぱりレイラは食べられなくて、「どうして？」と悲しい顔であたしを見る。

「今度のお休みには、海に行こうか」

あたしはレイラの気をそらすためにそう言ってみる。

海はきらい、とレイラは言う。

「海がどんなとこだか知ってるの？」

知らない、でもきらい、とレイラは言う。すねてしまったのだろう。あるいは、あたしがめったに約束を守らないせいかもしれない。

レイラがあらわれたのは二年前。死んでから間もなくのことだ。レイラは生後一ヶ月で死んだ。夜の間に、突然呼吸が止まったのだ。朝方、あたしと夫の晴彦が気づいたときには、レイラは冷たい、青白い塊になっていた。乳幼児突然死症候群とかいうもの。

レイラの死から二週間後に、晴彦が自殺した。レイラがあたしのところに来たのはそのすぐあとだ。たぶん、すぐに行かないと、あたしの気がくるってしまう、と思ったのだろう。実際危ないところだったに違いないが、レイラのおかげであたしは今日まで何とかやっている。

身支度をしている間に、レイラは姿を消してしまった。でも、帰ったのではなく、すねて隠れているだけかもしれない。

「じゃあね」

あたしは見えないレイラにそう言って、家を出る。

あたしの仕事はフィットネスクラブの受付だが、この職場では受付嬢もインストラクター同様にポロシャツとトレーニングパンツを穿《は》く決まりになっている。黄色いポロシャツとグレーのトレパン。そのださい格好に合うように、髪もうしろで引っ詰めにする。カウンターに座って間もなく、須波《すなみ》さんとその妻が揃《そろ》ってあらわれた。

「おはようございます」

とあたしはニッコリ微笑《ほほえ》む。おはようございます、と答えたのは奥さんで、須波さんは頷《うなず》くだけであたしと目を合わせない。

「今日は、朝からお揃いですか？」

あたしは須波さんをなぶってやりたい気分になって、そう訊いてみる。そうなのよ、とやっぱり奥さんが答える。

「勤続十年のご褒美《ほうび》休みというのがあってね、今日は私、それなのよ。ご褒美というのは名目で会社としてはこれを機会に永久に休んでくれって言いたいんでしょうけど。

でもあれね、午前中のフィットネスは、やっぱり夜と雰囲気が違うわね。専業主婦のかたが多いせいかしら。何だか夜の動物がうっかり明るいところに顔を出しちゃったみたいな感じがする」

この人が饒舌《じょうぜつ》なのは、あたしに親近感を抱いてるからじゃなくて、あたしを見下しているせいだろう。受付に二年も座っていれば、そういうことが簡単にわかるようになる。ここに来るたいていの人は、誰かを見下すために来ているようにも思える。専業主婦は兼業主婦を。兼業主婦は専業主婦を。ときには受付嬢を。

「いってらっしゃいませ」

須波夫婦は更衣室のほうへ歩きだしたが、途中で奥さんが戻ってきた。

「ね。あなた今日は、踊らないの？」

先に行こうとする須波さんを、あなた、あなた、ちょっとそこで待っててちょうだい、と奥さんは大きな声で呼び止める。

「エアロビですか」

その予定は今日はありません、とあたしは答える。

「残念。でもお時間あったら、ぜひお願いしたいわ。ファンなのよ、私あなたの」

カウンターのうしろのスタッフルームでゴルフコーチがそのやり取りを聞いていた

ようだった。須波夫婦が今度こそ更衣室に消えたのを見計らって、部屋から出てきた。

「アイドルだね、すっかり」

非常勤コーチとして最近来るようになった男。ゴルフコーチだけはなぜか制服着用を免除されているから、いつもいかにもの高級ゴルフウェアを着て、光り物をじゃらじゃら付けてあらわれる。いちおうプロのゴルファーらしいが、こんな場末のフィットネスでバイトしているのだから、程度はしれている。

「名前、なんていったっけ」

あたしは黙って胸の名札を指した。

「吉行《よしゆき》。それはわかってるよ。下の名前」

「下は、今度教えます」

そう言ってやるとあからさまににやつきながら、スタッフルームに戻っていった。相手をしてほしいならしてやろう。職場内での関係は後々面倒になりそうだから、あまり気は進まないけれど。でも、面倒が起きたらこんなところ辞めてしまえばいい。そんなふうにすぐなげやりになるあたしを、いさめてくれるのもレイラだ。

「吉行さん、ちょっといいかな」

昼休みの少し前に、進藤コーチからスタッフルームに呼ばれた。このあと二時からのファットバーナー（脂肪燃焼）のクラスに出てほしい、と言う。

「今日は館内見学の予約が三組入っててさ。ちょうどファットバーナーの時間にかかるんだよね。吉行さんが入ってくれるとやっぱり印象がぐっと違うから。クラスのインストラクターもぜひにって言ってるし、それに会員からもラブコールが多くて」

「今日はでも、間宮《まみや》さんもお休みですよ」

受付交代要員のスタッフのことをあたしは言った。

「ああ、大丈夫大丈夫。ほかにも誰かいるから。何だったら僕が座っててもいいし。はっはっは」

こんなふうにこちらから度々お願いしてるんだから、もちろん特別手当のことも考えてるよ。進藤コーチはそう続ける。この人は、人の良さだけが取り柄の小男。でもその人の良さはきっとビニールガッパみたいなものなんだろう、とあたしは思う。カッパの下には蒸れて汗だくになった顔があるのだろう。

特別手当の金額や条件を説明しはじめるコーチに適当に頷きながら、冴美先生を見ましたよ、とあたしは心の中で言う。六本木のラーメン屋に並んでましたよ。あそこ「くんたま」で評判なんですよ、それにとろけるチャーシューと。

二時、ロッカーに常備してあるウェアに着替えて二階のスタジオに行くと、すでに集まっている見学者の中から拍手が起きた。手をたたいている一人は、須波さんの奥さんだ。年増《としま》のインストラクターがぎこちない笑顔であたしを手招きする。「ぜひにと言ってる」というのは進藤コーチの嘘《うそ》で、本当のところはオーナー側から彼女は言い含められているのだろう。

ファットバーナーはエアロビクスの中でも上級者向けの、もっとも運動量の多いレッスンだ。このインストラクターは若ぶっていつもブリトニー・スピアーズをかける。あたしの体は自然に動く。OLだった頃、会社の帰りにほとんど毎日フィットネスクラブに通って、エアロビクスをしていた。

晴彦ともそこで会った。晴彦はマシンジムの指導員だったのだ。あたしは踊りながらいつも晴彦を見ていた。言葉を交わす前から。言葉を交わすようになってからはもっと。はじめて体を合わせた日の翌日は、見たらどうにかなりそうで見られなかった。レイラはそれから一年と四ヶ月後に生まれた。

ギャラリーから手拍子が聞こえてきた。あたしはあたしの長い足や、引き締まったウエストを、彼女たちに見せつけるように体をくねらせる。

どんなに熱望したって努力したって、どうにもならないことがこの世にはあるのだと教えるために。

男でも女でもレイラ。そう決めていた。

2

学生時代にバンドをやっていた晴彦はエリック・クラプトンの大ファンで、クラプトンの最高傑作は「レイラ」だと言っていた。あたしはといえばクラプトンの曲は「レイラ」くらいしか知らなかった。

晴彦さんは卑怯者《ひきょうもの》よ。あたしの母親は言った。晴彦が自殺したときだ。あたしの身内も友だちの何人かも、晴彦はあたしを見捨てたのだと言った。晴彦が弱虫だったのはたしかだ。でも、晴彦が耐えられなかったのは、自分自身の悲しみよりも、あたしの悲しみだったのだと思う。あたしもいけなかった。レイラが死んでからというもの、考えるのはレイラのことばかりで、晴彦のことはちっとも考えなかった。話しかけられても答えない日が続いていた。晴彦はどうしていいかわからなくなってしまったのだろう。

晴彦が死んでしばらくの間は、あたしも晴彦の身勝手さを恨んでいた。許せるようになったのはレイラのおかげだ。晴彦は、レイラのようにあたしの前にあらわれることはない。レイラが言うには、レイラと晴彦はあの世で住んでいるところが違うのだそうだ。

レイラの場所からはこちらへ来れるけれど、晴彦の場所からは無理。でもレイラの場所と、晴彦の場所は通じているので、レイラはときどき晴彦の様子を知らせてくれる。元気で、ときどき歌を歌っているそうだ。最後の誕生日にあたしがあげた、茶色い帽子をちゃんとかぶっているそうだ。


おかえりなさい、とレイラが言う。帰宅するあたしを迎えるときはたいていそうであるように、玄関の鏡の前に浮かんでいる。

「ただいま」

とレイラの頭を撫《な》でてあたしは着替えをする。麻のストレートパンツを脱ぎ、ローライズのジーンズを穿《は》く。ブラウスを脱いでタンクトップを着る。タンクトップは白地に赤で、マリア像の写真が転写されている。

髪を結い上げ、ブレスレットと指輪をつける。その間中、レイラはあたしのまわりをふわふわと漂ってじゃまをする。出かけてほしくないのだ。内弁慶のレイラは、あたし以外の人間がいる場所についてこれないから。

海に行くおやくそくは、とレイラは言う。海はきらい、と朝言ったくせに。

「夜は海はやってないのよ」

とあたしは言う。

海に行きたい、とレイラは頑固に言う。

「海がどんなとこかもしらないくせに」

とあたしは言う。

おとうさんに聞いた、とレイラは言う。嘘《うそ》をついていることがあたしにはわかるが、
それでも、

「おとうさん、なんて言ってたの」

と聞いてみる。レイラはしばらくじっと考えてから、

「金色のおうちと銀色のおうちがある」

と言う。

夕方の上り電車はすいている。西日が作る波形の影が床をゆっくり滑っていく。今夜は渋谷のNに行くか、神楽坂《かぐらざか》のKに行くか、あたしはその影で占う。N、K、N、K、N。隣の車両から移ってきた男がKの影を踏み、あたしは思わず顔を上げ男にへ

んな顔をされてしまう。実際のところはこの占いに意味はなかった。NとK、どちらのクラブにも行きたくなどないのだ。それなのに、レイラを悲しませてまで、どうしてあたしは毎晩のように出かけていくのだろう。

結局渋谷のNに行くと、携帯電話で話している男が入り口を塞《ふさ》いでいた。あたしが黙って立ち止まると、男は薄ら笑いを浮かべて、あたしを上から下までじろじろ睨《ね》め回した末に、道を空けた。あたしは男を無視して通り過ぎたが、なお背中にいやなものをべたべたと貼《は》りつけられているようで、ひどく気分が悪くなる。やっぱり神楽坂に行けばよかった。あたしの占いは結局当たったためしがない。

いつもつるんで遊ぶ女がボックス席から手を振るけれど、その隣にはこの前別れた男もいる。あたしは手だけ振り返して、カウンターに座った。あの男とは約ひと月付き合って別れた。べつの言いかたをすれば、十一回寝て別れた。十一回目、はじめてあたしのマンションに連れていったときが最後だった。あたしの出す声が芝居じみていると言われてケンカになった。あんたがへただから無理やり気分だしてるのよ、そう言ってやったら男はあたしの横面《よこつら》を一発はたいて出ていって、それきりだった。

今考えれば、男は冗談めかして、まんざらでもなさそうに、あたしの声が芝居じみてると言ったのだから、あたしはキレなくてもよかった。あれはやっぱりレイラのせいだったのだろう。マンションに男を連れて帰るとたいてい似たようなことになる。レイラは男の前に姿をあらわさないけれど、レイラの気配が、きっとその場の調子を狂わせるのだ。レイラは何も言わないが、ひみつの力を使っているのかもしれないし、ひょっとしたら晴彦の差し金かもしれない。結局のところ、あたしは男と別れたくなると、男を部屋に連れ帰るのかもしれない。

「やあ」

声をかけられて振り向くと、さっきの携帯男が立っていた。

「君、墓場のそばに住んでるんだって？」

携帯男はボックス席のほうで何か聞いてきたに違いない。あたしは何も答えず顔を背けた。墓場のそばか。レイラの気配はそんなふうに口伝《くちづ》てされていくのだと、可笑《おか》しいような少し不安なような気持ちで考えたが、そのときあたしのすぐうしろで、携帯男がべつの女に、

「君、墓場のそばに住んでるんだって？」

と声をかけるのが聞こえた。

あたしはそれから小一時間ほどその店にいた。少し踊り、少し食べて、知り合いを見つけて少し喋《しゃべ》った。それからまた一人でカウンターに戻った。

「グラッパ」

と注文すると、

「ビールにしなさいよ」

とバーテンが言った。かなり昔、一度寝たことがある男。

「どうして」

「飲み過ぎだから」

そう、じゃビール、とあたしは言った。実際には飲みすぎてなどいなかった。店に来てからビールと薄い水割りを何杯か飲んだだけだ。

バーテンは、自分ですすめたにもかかわらず、不満げな顔でビールを持ってきた。

「もっと男を選べよ」

顔を寄せてそう言う。

「言いたい放題言ってるぜ、あいつ」

目線で、この前別れた男を指した。今はダンスフロアにいて、グラスを持ったままゆらゆらと踊っている。

「なんだって?」

「いろいろ」

「何よ」

「牛皿とか」

「何、それ？」

「つゆだくってあるから、それの反対って意味じゃないの」

言ってしまうとバーテンはそそくさと仕事に戻った。喋りすぎたことに気がついたのだろう。あたしはビールを飲み干した。聞こえてくる騒《ざわ》めきが全部自分の噂《うわさ》であるような気がしてきた。うっとうしいからべつの店に行こうかと考えていたとき、

「やあ」

という聞き覚えのある声がまたかかった。

「君、墓場のそばに住んでるんだって？」

二度目の試みであることに気づいていないのか、気づいていないふりをしているのか、長軀《ちょうく》を直角に折り曲げるようにして答えを待っている男に、

「そうよ」

とあたしは答えた。

二軒目の店には長居はせず、そこを出るとすぐにあたしと携帯男はホテルに向かっ

た。携帯男はセンジと名乗った。

センジ自身は何をしているのか知らないが、センジの父親は医者だそうだ。二軒目の店に入るとすぐ、そう言った。誰かと知り合ったら最初に言うことにしてるんだと自分で言った。僕は合理主義者だからね、と。

合理主義者のセンジは、でもちょっと鼻白んだ様子だった。たぶんあたしが、あまりにも易々《やすやす》と陥落したからだろう。どう思われようが、あたしはその夜センジと寝ることを決めていた。

ホテル街の路地に入る手前で、あたしはまた冴美先生を見た気がした。信号が変わるのを待ちながら、スカートの裾《すそ》が汚れたかほつれたかしたのを気にしている。黒地にいろんな色の蝶《ちょう》が飛んでいるスカート。傍らにはぱんぱんに膨らんだショッピングカート。

冴美先生に気を取られている間にセンジの姿が見えなくなった。逃げられたのかと思ったら、すぐ横の薬屋から出てきた。ちょっと買い物、とにやつく。何を買ったのかは容易に想像がついた。ホテルに備えつけてあるのを知らないのだろうか。

あたしの頭の中がわかったように、

「いっぱいしちゃうかもしれないでしょう」

とセンジは顔を寄せてきて囁《ささや》いた。嬉《うれ》しそうなその顔を見て、あたしはちょっとなごんだ。この男は案外いいやつなのかもしれない。きっと育ちがいいのだろう——なんといっても、医者のぼんぼんなのだから。

「でも、いらないのよ」

とあたしは言った。

「今日は大丈夫な日だから」

有線の演歌が大音声で流れるラブホテルのベッドの上で、体の動きを速めながら、「いいの？」とセンジは再度聞いたが、大丈夫よ、とあたしはやはり答えた。あたしの中にセンジが放つ。それは一瞬、あたしの中をいっぱいにするけれど、すぐにむなしく流れ出ていく。

なぜならあたしのその場所は、そんなものを必要としないから。安全日とか危険日とか、そもそもあたしはそんな計算をしたことすらないけれど、大丈夫なのだ、本当に。なぜならあたしにはレイラがいるから。

3

火曜日、午後一時。

この時間帯には幼児向け体操クラスがある。多くは幼稚園の帰りにそのまま来るのだろう、赤や黄色の通園バッグをたすき掛けした子供たちとその母親たちが、さえずりながらやって来る。

子供たちは会員証のカードリーダに自分でカードを入れたくて、我先にカウンターに駆けてくる。小さな手がイソギンチャクみたいにカウンターの下でぴらぴらし、ときどき互いにぶつかったり、滑り落ちたりするので、あたしはカウンターの上に手を伸ばして、手助けしてやらなければならない。

母親たちはそのうしろでお喋《しゃべ》りしながらのんびりしている。木綿の帽子と木綿のシャツと木綿のスカートと、スニーカーを身につけた女たち。何人かは子供と服を揃《そろ》えている。あからさまなペアルック、というのではないにしても、同じ色だったり、縞《しま》模様だったり。もちろんそうでない親子もいて、あたしは何となく、絵合わせみたいに子供と母親を結びつけてみる。この子とあの人。あの子とこの人。死ぬ、生きる、死ぬ、生きる、死ぬ。気がつくと無意識に考えている。これだけいる子供のうち、一人くらいは大きくなる前に死んでしまったりするのだろうかと。そうしたらその子の母親は、どんな有り様になるだろうかと。

レイラのお葬式の日はよく晴れていた。冬だったけれど暖かかった。それとも夏だったのに涼しかったのかもしれない。もう、よく覚えていない。あたしはレイラに新しい産着《うぶぎ》を着せて、さらにきれいな白いタオルで包むと、いつも哺乳瓶《ほにゅうびん》やおむつを入れて持ち歩いていた、大きなショルダーバッグの中に寝かせた。そうして、バッグを持って、家を出た。レイラを連れて散歩したところ、レイラがこれから大きくなって、自分の足で行くはずだったところを一緒に歩いた。近所の空き地や公園や大きな団地の中や、小学校の前、畑、駅、それに海。そうだ、レイラはあのとき一度海を見たのだ。でも覚えていないのだろう。あのときのレイラは、まだ幽霊にもなっていなくて、あの世とこの世の、ちょうど中間に眠っていたのだろうから。

レイラの遺体は焼くとほんの一握りの砂になった。あたしはそれを、昔、晴彦がどこかの骨董《こっとう》屋のショーウィンドウで見つけてプレゼントしてくれた、イギリス製の古いクッキーの缶に収めた。レイラをひとりぼっちにするのがかわいそうだったから、お墓は作らなかった。その缶はずっとあたしの部屋にある。

センジとは、かなり頻繁に会っている。

あたしを「牛皿」だと吹聴《ふいちょう》した以前の男のように、センジがあたしのセックスに幻滅するのが心配だったが、今のところは何も言われない。センジは会えば必ずあたしの体を求める。

以前の男のように、セックスだけ、というわけでもなくて、食事をしたり、あまり遅くない時間に待ち合わせをして、町をぶらぶら歩いたりもする。ああいう場所で、ああいうふうに出会った男としてはめずらしいが、センジがとくにあたしを大事にしているということではなくて、つまりセンジはそういう男なのだろう。あたしはそう思おうとしていたが、やはりどこか気を許していたのかもしれない。この前、はじめてセンジの部屋に泊まった夜、あの夢を見た。

四角くて白くて生臭い廊下の夢。廊下の片側にはずらっとドアが並んでいる。あたしはそこを歩いていく。全裸で。下腹から血を流しながら。

あたしは誰かを探している。それで、ドアを一つずつ開ける。どの部屋にも人がいて楽しそうにしている。結婚披露宴の控室みたいに。でも、あたしが探す人はいない。みんなは裸で血を流しているあたしを、呆《あき》れたように見る。生臭いと思ったらこの人のせいか、と誰かが言う。あたしはのろのろとドアを閉めてまた次のドアを開ける。あたしは服を着たいしせめて流れる血を拭《ぬぐ》いたいと思っているけれど、探している人が見つかるまでは、どうすることもできないのだ。

目が覚めてもしばらくは夢の中にいるような気がした。センジの部屋の壁や天井がやはり白かったためで、夢を見たのはそのせいもあったのかもしれない。セックスが終わりそのまま眠ったのであたしは現実でも裸だった。下腹が鈍く痛んだ。そっと手を伸ばして触れ、手に血がついてこないことをたしかめたが、痛みはどんどんひどくなった。この夢を見たあとはいつもそうなる。

あたしは小刻みに呼吸して、痛みを堪《こら》えながら、傍らのセンジを見た。センジは、あたしに腕枕《うでまくら》していたはずの腕を今はヘッドボードのほうに投げ出して、軽い寝息を立てて眠っていた。あたしは、これまで晴彦以外のどんな男にもしなかったことをした——センジの胸にすがりついて、少しの間泣いたのだった。

肉を焼く煙の向こうで、ゴルフコーチの唇はてらてら光っている。

昼食に誘われたので付き合うことにしたら、連れて行かれたのは街道筋の焼き肉屋だった。ファミリー向けの大型チェーン店。平日の午後二時という時間、だだっ広い店内には、萎《しお》れたような客たちがぽつぽつといるだけだ。

「焼き肉屋にいるカップルは、たいていできてる、って話、知ってる?」

たん塩とカルビを重ねて口に入れながらゴルフコーチは言う。

「ええ、よく聞きますよね」

「なんだ知ってるのか、あっさりついてきてくれたから、知らないのかと思った」

「ちょうど焼き肉食べたい気分だったから」

ゴルフコーチは上目であたしを窺《うかが》い見る。焦《こ》げたねぎとカルビをご飯にのせる。タレで茶色く汚れたご飯。

「君の踊り、見たよ」

「エアロビ？」

とあたしは言い換える。

「度胸ありますね、まわり全部女の人だったでしょう」

「いいや男もたくさんいたよ、通りすがりにちらちら見ていくやつはさ。ヘビに見込まれたカエルみたいに、動けなくなっちまったのは、さすがに僕一人だったけど」

「ヘビ？」

あたしは急に食欲がなくなってくる。たぶんゴルフコーチの茶色いご飯のせいだ。

「そうヘビ。それにあれは、エアロビじゃなくて踊りだよ、やっぱり。大昔の巫女《みこ》さんとか……卑弥呼《ひみこ》なんかもさ、ああいうふうに踊ったんじゃないかなあ」

あたしはカルビを二枚、焼き網にのせる。そうしないとこの昼食はいつまでたっても終わりそうもないからだ。注文はゴルフコーチに任せたのだが、どうしてこんなにばかげた量の肉を頼んだのだろう。

「ああいうのどこで覚えたの？　いつ、どこのジムでとかそういう話を聞きたいわけじゃないよ。千磨《ちま》ちゃんがどうしてあんなふうに踊れるのか、その理由に僕は非常に興味がある……」

喋っている間皿の中に忘れられていた肉をゴルフコーチは箸《はし》でつまんで、臭《にお》いをかいだあと口に入れる。唇の端にタレがついて玉になる。焼き肉屋だからこんなことまで言っちゃうけど、とゴルフコーチは肉を咀嚼《そしゃく》しながらあたしのほうに顔を寄せて、

「子宮で踊ってるみたいだったよ」

と言う。

髪についた焼き肉の臭いは勤務中ずっと消えなかった。

それこそ「子宮の踊り」に没頭して汗をかけば、少しはすっきりするような気もしたのに、そういうときにかぎってお呼びはかからず、仕方なく帰りがけに頭からシャワーを浴びた。

ろくに髪を乾かさないまま、外に出る。シャンプーを山ほど使って二回も洗ったの

に、まだどこかにいやな臭いが残っている気がする。早く家に帰りたかった。家に帰って、もう一度シャワーを浴びよう。そしてクラブに出かけよう。フィットネスクラブでの仕事を終えてまたクラブへ。あたしは笑いたくなる。結局あたしは一日中働き続けている。

ショッピングセンターの前まで来たとき、あたしはいきなり振り向いた。フィットネスクラブからずっと、須波さんがつけてくるのは知っていた。須波さんは目を剝《む》いてあとずさる。

「何の用？」

「べつに……」

と須波さんは言い逃れようとして、すぐにあきらめたらしく、

「少し、話をしたい」

と強《こわ》ばった顔で言う。

「何？」

「どこか店に入ろう」

「ミロ？」

「ミロはだめだ、どこか——隣の駅の店にでも……」

「何言ってるの？」

震えるような声で懸命に喋っている須波さんを気の毒だとも申し訳なかったともあたしは思っているのに、どうしてからうらはらな意地悪い声が出てしまう。

「前はミロで話したじゃない。どうしてミロじゃだめなの？」

「ああ、いいよ、わかったよ、ミロに行こう、ミロでいい」

須波さんはおろおろと言う。

「ここで話してよ」

「ここじゃ無理だよ」

「ばかじゃないの？　何の話があるっていうのよ、あたしは聞く義務なんてないのよ？」

「どうして大きい声を出すんだ」

あたしたちはショッピングセンターの入り口を塞《ふさ》ぐように向き合っているから、出入りする人がみんなこちらを見ていく。須波さんは痩《や》せた体をさらに縮めるようにして、

「わかったよ、ここでいい、ここで話そう、僕はただ——」

と言い、胃でも痛むような顔で黙り込む。

「ただ、何？」

「――君は、妻に何か言ったか」

「何それ？　何が言いたいの？」

「いや、何も言ってないならべつにいいんだ、ただ君はよく妻と話しているようだから――」

「話したらいけないわけ、そうね、気をつけるわ、よけいな疑いがかからないように」

「そんなことは誰も言ってないじゃないか」

「奥さんと別れる気なんて、最初からなかったくせに」

須波さんの手が伸びてきたので一瞬あたしは殴られるのかと思ったが、須波さんはあたしの腕を摑《つか》んで自分のほうに引き寄せただけだった。あたしたちの横を若いカップルがにやにや笑いながら通り過ぎていく。誰に笑われようがあたしはどうでもよくなっていたが、須波さんももうそんな気分になっているようだった。千磨子、と須波さんはあたしの名を呼ぶ。

「本当に君は僕の子を堕胎したのか」

とうとう須波さんはそう訊いて、脅《おび》えた目であたしを見る。

「本当じゃなかったらどうするの？　お金を返せってこと？」

「いや、そういう話じゃない、僕はただ……」

「返すわよ、お金なら」

通りの向こうの人が振り向くほどの声であたしは叫んで、須波さんの腕を振りほどいた。

叫んだのは須波さんを困らせるためで、あたしはべつに傷ついたわけじゃなかった。傷つくはずもない。須波さんとのことは、道端に落ちてる石を気紛《きまぐ》れに拾ってみたみたいなことだったのだから。あたしにとっては晴彦以外のどんな男も、道端の石ころみたいなものだけれど、須波さんはその中でもまるでつまらない石だったのだから。

それなのにあたしは泣いたあとみたいな気分で部屋に帰り着いた。レイラはいない。レイラを呼ぶ。レイラはあらわれない。

ベッドの下からクッキーの缶――レイラの骨壺《こつつぼ》――を引っ張り出すのとほぼ同時に、電話が鳴った。センジからで、遊園地で待ってる、と言う。

あたしは化粧を直して、服を着替えた。ベアトップのワンピースにGジャンを羽織る。あらためてシャワーを浴びるのはもうやめた。何度髪を洗ったって、臭いは消えないだろう、と思ったから。

センジの言う遊園地というのはあたしの住んでいる町から三つ下った駅にある。いつか一緒に行こうねという話を、そういえばこの前したのだった。山の上にある園内まで入場者を運ぶケーブルカー乗り場で、センジは待っていた。あたしを見つけるとにこっと笑って片手を上げる。あたしの出《い》で立ちを褒め、今日は花火があるんだよ、と言う。

さっぱり人が入らなくて近々廃園の噂《うわさ》もあるその遊園地の、最後のあがきのような催しらしかった。ディズニーランドのパレードをけちくさく真似《まね》したような、兎《うさぎ》と猫と鶏のぬいぐるみをかぶった楽団が、見物人もほとんどいない石畳をひょろひょろと行進していく。ははは、だっせー、とセンジは楽しそうに笑い、ごく自然にあたしの手を握る。そのままあたしたちは観覧車のほうへ歩いていく。

やる気が全然ないことをわざとアピールしてるみたいな係員から切符を買って、あたしとセンジは観覧車に乗った。いったん並んで座ったけれど、センジはすぐに立ち上がって子供みたいに壁に張りつき外の景色を眺めはじめた。あたしも立ち上がったとき、ちょうど観覧車が真上に来て、窓の外に花火が上った。

「すげー、なんか俺たちを待っててくれたみたいだな」

センジはそう言い、その言葉に自分で照れたみたいな顔をしながら、あたしの腰を引き寄せた。

あたしたちはキスをした。

あたしは急に恐《こわ》くなった。あたしが今までしてきたこと。これからしようとしていること。でも何よりもいちばん恐いのは、今、こうしてセンジに抱かれていることだった。

だから、あたしはやっぱり言った。

「話があるのよ」

と。

4

晴彦と最後に過ごしたのも遊園地だった。

あたしたちは木馬に乗った。切符切りがぴぃーっと笛を吹き音楽が鳴りはじめたのに、木馬はいつまでたっても動かなかった。今考えればあれは予兆だったのだろう。何かが、あるいはレイラが、あたしに教えようとしていたのだろう。動かない木馬からほかの客たちは曖昧《あいまい》に笑いながら、あるいは文句を吐き捨てながらぞろぞろと降りていったが、あたしと晴彦だけはずっとそのまま乗っていた。うす黒い雲の向こうから、ほんのときおり水っぽい日が差す、いらいらするようなあの日の曇天。太股《ふともも》の下で生温くなっていった陶器の木馬。

違う、木馬になど乗らなかった、あたしたちはやっぱり観覧車に乗ったのだ。そして一番上まで上ったとき、晴彦はセンジと同じように、あたしにキスをしようとした。けれどもあたしは顔を背けた。キスをしたってレイラは生き返らない、そのことがはっきりわかるのが恐《こわ》かったから。でも、もしあのときあたしが晴彦のキスを受け入れていれば、二人が唇を合わせていれば、晴彦は死ぬことを思いとどまったのかもしれない。

あたしは捨てられなかったのかもしれない。

ゴルフコーチはクビになった。

やはり非常勤コーチをしているほかのフィットネスクラブで、セクハラ騒ぎを起こした話が伝わってきたせいだった。ある日、進藤コーチがあたしを昼食に誘って、その話をした。

もちろん焼き肉屋なんかじゃなかった。一駅先のファミレス。コーチの自家用車で連れていかれた。もちろん、くどくためなんかじゃなくて、事情聴取するためだ。

「……クラブとしては、基本的には職員のプライベートには立ち入らない方針だけど、今回はね、営業にもかかわることなので……」

あたしとゴルフコーチが一緒にいるところを――たぶん、焼き肉屋に出入りしているところを――誰かが見て、クラブにチクったらしかった。セクハラコーチと受付嬢ができていたらまずいということだろう。

「昼食に誘われただけです」

とあたしは言う。「本日の日替わりランチ」が二つ、運ばれてくる。面倒なので進藤コーチの注文に合わせたのだ。魚のフライとハンバーグと春巻きが一本盛られた皿。

「いわゆるその、お付き合いしているわけではないんだよね？」

「ええ」

「ならよかった――よかった、と言うのもへんだけど。個人的にはすごくいやなんだよねこういうの。ただほら、あなたも知っての通り、会員さんの中には更衣室の椅子《いす》に髪の毛が一本くっついてたと言って電話をしてくるような人もいるわけでさ」

進藤コーチはまず最初に春巻きをかじる。味わう様子もなくぱくぱくと二口で飲み

下すと、

「いやなついでに聞いちゃうけど、あなたは大丈夫だった？　何かその、昼食に誘われて、いやなことはなかった？」

と訊《き》く。

「セクハラですか」

「うん、まあ。そういう種類の……」

子宮で踊っていると言われました。あたしはもう少しでそう言いそうになる。セクハラ発言というならあれこそまさにそうだろう。

が、結局あたしは言わない。それを言えばあのゴルフコーチの評判は落ちるところまで落ちるだろうし、あたしの立場はぎゃくによくなるだろうと思うのに、どうしてか言う気が失《う》せてしまう。かわりにあたしは、

「この前あたし、冴美先生を見ましたよ」

と言う。

「渋谷のホテル街の近くで。社交ダンスみたいなスカートをはいて。大きな荷物を持ってて、旅行の帰りみたいだった」

すると進藤コーチは、まるで予想外の反応を見せた。

一瞬きょとんとしたあと、薄く笑って、

「それは、彼女だったかもしれないね」

と言ったのだ。


その日の夜、センジと会った。

指定された新宿の喫茶店に行くと、センジは奥まった席で待っていた。

「よお。しばらく」

センジは何かまぶしいように目を細めて、あたしを見る。遊園地以来、会うのは二週間ぶりだ。

「悪いな。ずっと連絡しなくて」

あたしは黙って首を振る。ずっと連絡しないでくれればよかったのに、と思いながら。

「俺もいろいろ考えててさ」

とセンジは言う。

あたしはウェイターにアイスレモンティーを注文した。センジはアイスコーヒーを、もうほとんど飲み干している。入り口に近い席のスーツ姿の三人組の笑い声がときおり届く。ほかに客は、観葉植物を隔てた隣の席に一人いるだけだ。

「具合、どうなの」

「べつにどうもないわ。ちょっとだるいだけ」

「そっか」

センジは頬杖《ほおづえ》をつき、吸い殻が四本入った灰皿を見つめ、それから、

「間違いはないのかな、その――妊娠したっていうのは」

と言う。

「検査キットが陽性だったのよ」

あたしは言う。

「医者には行かないのか」

「いずれは行くわ――堕《お》ろすときに」

「堕ろすのはもう決まってるわけだ」

「決まってないの?」

あたしが聞くと、センジは何か言いかけ、その言葉を飲み込む。

何かがおかしいと、あたしはようやく気がついた。そのとき観葉植物の向こうで男が立ち上がり、こちらのテーブルにきた。

「あいかわらず美人だね」

男はあたしを見下ろして笑う。

「全然体型変わんないね。腹なんかぺったんこでさ。何が入ってるんだろうね、その中には」

やめろよ、とセンジが言い、男はようやくセンジの隣に腰を下ろす。

「あんたさ、荻原《おぎわら》晴彦とつきあってた女でしょ？」

男はセンジのセブンスターを一本取って火をつけながら言う。

「俺さ、センジのだちなんだけど、晴彦のことも、よく知ってんだよ。あんたのことも見たことあんの、一、二回。あんたは覚えてないだろうけど。世の中狭いから、気をつけたほうがいいよ」

男は同意を求めるようにセンジを見るが、センジはじっと灰皿を見つめている。まるで責められているのが自分であるかのように。男はそんなセンジに苛立《いらだ》ったように少し声を高めて、

「あんたさ、子宮ないんでしょ？」

と言う。

「取っちゃったんだよね、子宮筋腫《きんしゅ》とかなんか、そういうのでさ。それでちょっとア

タマに来て、医療訴訟とか、そういうの起こしたりしたんでしょ？　晴彦は言ってたよ、あんたと別れたのは、子宮がなくなったからじゃなくて、訴訟のせいだって。だってなんか言いがかりみたいな訴訟だったんでしょ？　雑誌とかにも書かれたっていうじゃない」

やめろよ、とセンジは再び言うがその声は小さすぎて男には届かず、だいたいさあ、となおも続けようとし、それを押さえつけるようにセンジは、

「金は払うよ」

と言ってあたしの顔を見る。

「中絶費用っていくらなんだ、十万？　十五万？　とにかく千磨子が言うだけ払う。だからもうやめてくれ、こういうことは」

あいかわらず眩《まぶ》しいものを見るように目を細めているセンジの顔から、隣の男の顔へと、あたしはゆっくり視線を移した。

「晴彦に会ったの？」

男があらわれてあたしの口から出たただ一つの言葉はそれだった。

「ああ、昨日会ったよ、元気だったよ」

男はひどく嬉《うれ》しそうな調子で答える。

「去年結婚したんだよ、もう子供もいる、名前がほら、なんつったっけ、クラプトンの」

あたしは席を立ったから、男の言葉は最後まで聞こえなかった。

レイラ。

あたしは呼ぶ。レイラは来ない。たぶん、晴彦のところにいるのだろう。晴彦もあたしのそばに来れるように、いろいろ奮闘しているのかもしれない。あの男は嘘《うそ》つきだ。晴彦は死んだ。海に入っていったのだ。だからあたしも、海に行こう。

レイラ。

海に行くわよ、とあたしは呼ぶ。レイラは来ない。今日こそ本当に海に行くのに。金色のおうちと銀色のおうちを見に行くのよ、レイラ。

あたしはレイラの気配に耳を澄ます。それからベッドの下に屈《かが》み込み、クッキーの缶を引っ張り出す。蓋《ふた》を開けて、中身を開ける。

一万円札が──男たちから受け取った数十枚の一万円札が、床に舞う。

フラメンコとべつの名前

I

今朝は明るすぎる気が僕はする。明るすぎるというよりは、白すぎる。僕は毎朝、同じ時間に、この道を運転してフィットネスクラブに通っているが、いつもの景色と、わずかに違う。ばかげていると思いながら、信号を過ぎて、Uターンしてしまう。違和感の理由がわかったら、冴美《さえみ》が戻って来るような気がして。

だが、理由はあっけなくて、つまらなかった。道路沿いの新築マンションの前に林立していた幟《のぼり》が、消えていただけのことだった。黄色に青で、「内覧受付中」と記された幟。つまりもう部屋はすべて売れたのだろう。その部屋を、僕は冴美と一緒に見に行ったことがあった。あれはほとんど一年前だ。三千八百万円の3LDKを、冴美はかなり気に入っていた。

寝室ひとつ残して、あとは全部ぶち抜きにしましょうよ。もう自分のものになったように、そんなことを言っていた。たしかに悪くない部屋だった。道路沿いだが、ベランダは広い公園に面していて、緑がふんだんに望めた。新しいマンションにしてはへんにぴかぴかしたところがなく、むしろ地味な作りで、後々いろいろと工夫できそうなところが、僕好みでもあった。

なぜ決めなかったのだろう？　値段的にもそう無理はなかった。何かぴんと来なかったのだ。あるいは、何か小さな、だがそれ一つで数々の利点を上回るような欠陥を見つけたような気もしてくるが、具体的なことはどうしてだかさっぱり思い出せない。マンションのアプローチで再び車を旋回させながら、僕は今度はそのことにとらわれはじめる。もしあのとき、このマンションを買っていれば。そうすれば、冴美が僕の前からいなくなることはなかったのだろうか、などと考えてみたりする。

フィットネスクラブに着くと、朝のミーティングのメンバーはもう全員揃《そろ》っていた。遅れてすみません、と僕は頭を下げるが、開始時刻まではまだ五分ある。早々とスタッフが揃っているのは、僕がいつも早々と来ているためだ。僕はスイミングのコーチだが、都内に三店舗あるフィットネスクラブのこの支店の、支配人でもある。コーチ陣、受付と事務のスタッフとともに、今日一日のレッスンの内容や変更を確認し、会員からの苦情や要望が入っていればそれについて話し合う。たとえば今朝は、更衣室に据えつけてある冷水器で、水を飲むだけではなくうがいをする人がいるので、「ここでうがいをするのは禁止です」という張り紙を貼《は》ってほしいという電話があった、という案件が出る。ああ、なるほどね、と僕は言う。するとスイミングの女性コーチの一人が、でもこのクラブはあちこち張り紙だらけで、何だか息苦しいという意見もあるんですよ、と言い出す。

本当かい、誰が言ってるの？　と僕は訊《き》く。誰って、わりとそういう声を聞きますよ、と女性コーチはさっそく発言を悔いはじめている口調で言う。うん、わかったよ、じゃあこの件は、僕がもう少しリサーチしてみる、と僕は言う。リサーチ、というところをちょっとユーモラスな感じにして。だが結局は、早晩張り紙を貼ることになるだろう。この種の苦情は、放っておいていいことがあった例《ためし》がないからだ。

それじゃ、今日も一日よろしくと僕は言い、立ち上がろうとしたとき、あ、と男性スタッフの一人が、頼りない声で呼び止めた。なんだい？　と僕は少し笑って見せる。ああ、あの、今でなくてもいいんですけど、そろそろ十月のキャンペーンの準備をしないといけないので……と男性スタッフはもじもじと言う。何が言いたいのか僕にはわからない。が、折り込み広告とか……と彼が続けるのに了解した。

かつて冴美が講師をしていたフラメンコ教室を、レッスン紹介の欄に載せてもいいものかどうか、はっきり言えばフラメンコ教室の文字をもうそろそろ抹消してもいいのか、彼は訊きたいのだ。うん、わかったよ、ラフは僕が書いておくから、と僕は言った。するとスタッフたちは気まずそうに目を見交わした。彼らがとうにそう決めていたように、フラメンコ教室はいよいよこのクラブから消えることになるだろう。

冴美が消えてからもう十ヶ月あまりになる。

はじめは高をくっていた。三日もすれば、すくなくとも一週間も経《た》てば、戻って来るだろうと。だからこそ冴美の欠勤をクラブ側に届け出たとき、「ちょっと体調を崩したので」というふうに説明したのだ。

だが一週間が過ぎても、ひと月が過ぎても、三ヶ月が過ぎても、冴美は戻ってこなかった。そして僕の説明はどんどん曖昧《あいまい》なものになっていき、それにつれて周囲には様々な憶測が満ちた。家出。出奔。駆け落ち。あるいは体ではなく、精神の不調。結局は僕が終始はっきりした答えをはぐらかしたことが、ひとつの解答になったのに違いなく、そもそも冴美のレッスンの受講者がほとんどいなかったことと相俟《あいま》って、次第にみんな何も訊かなくなった。今ではたぶん、各人の胸に、それぞれの答えが用意されているのだろう。

「さあ、食欲の秋、芸術の秋、スポーツの秋となりました！」

この日、僕が午前中に受け持つレッスンは、エキスパートスイミングだ。笑顔を保つように気をつけながら、僕はコースに集まっているメンバーを見渡す。いつも見かける人が一人いないが、風邪をひいたか、急用ができたかだろう。代わりに新しい顔が二人いる。あとで個別に話しかけなければ。

「スポーツをするとお腹《なか》が空《す》く。お腹が空くと、食べる。食べると太る。だからスポーツをする。これを秋の〈メビウスの輪〉と申します……」

まばらな笑い声が起きる。半分は仕方なさそうな、半分は馬鹿《ばか》にしたような。僕は、会員たちが陰で僕のことを「前説くん」とか「どさ回り芸人」とか呼んでいることを知っている。でも、会員たちに嫌われて、一人も参加者がいなくなってしまうレッスンがままある中で、僕が受け持つクラスは、いつでも安定した人気があることも知っている。

「それでは恒例、慣らし運転とまいります」

会員たち、とくに八割を占める年配の女性たちはスタッフたちよりよほど無遠慮だ。以前は僕がフォームやスピードを出すコツを説明しているのを遮って、冴美の居所を訊かれたり、果ては「いいカウンセラーを知っていますよ」などと囁《ささや》かれたことさえあったものだが、それも、この頃は終息しているようだ。今では僕は遠巻きの、好奇心というよりは憐《あわ》れみの中にいる。あるいはコーチでありながら、生徒の中の誰よりも泳ぎがへただと思われているように感じることもある。

だが僕は、以前と変わらぬ笑顔をたもつ。以前通りに、片手を上げ、スタートの合図をすると、生徒たちの先頭に立ってコースへ泳ぎだしていく。一往復したら、僕だけは立ち上がり、生徒たちの泳ぎぶりをチェックする。肩で息を切らせたふりをして、「お若いお嬢さまがたにはかないませんねぇ」と言うかもしれない。

それが僕のやりかただ。僕はあいかわらずここにいると――冴美はいなくなったが、僕まで失踪《しっそう》したわけじゃないと――他人にも自分にも示さなければならない。

「冴美」

公団マンション三階の自宅のドアを開けると、僕はまずそう呼んでみる。

今日こそ冴美が戻っているかもしれない、という望みを捨てられないからだ。

冴美が家にいれば、必ず「おかえり」という声が返ってきた。物憂《ものう》げだったり面倒くさそうな様子だったり、もちろん機嫌のいいときもあったが、「おかえり」という返事はいつでも変わらなかった。いなくなる前日も、冴美の「おかえり」を僕は聞いたはずだった。

「冴美。ただいま」

僕は未練がましくもう一度そう呼ぶが、やはり部屋はしんとしている。僕は風呂場《ふろば》へ行って顔と手をざっと洗い、キッチンへ行く。冴美がいなくなっても、部屋の中は以前とまったく変わらない。雑然となることもないし、埃《ほこり》がたまることもない。冷蔵庫を開ければ、冷えた缶ビールと、なにがしかの食料も入っている。

冴美がいなくなってからの習慣で、僕は外で夕食を済ませていたが、ビールを飲みたかったので、缶と、つまみに沢庵《たくあん》の小皿を取りだした。プルを開け、一口目を飲んだとき、背後で物音がした。振り向くと、寝室へ続くドアが開いていて、かつて僕の妻だった女が立っていた。

「やあ、勝子《かつこ》」

僕は缶ビールをちょっと持ち上げて、笑いかけた。

「こんばんは」

と勝子は言って、微笑《ほほえ》み返す。

2

あれは、冬のはじめだった。

まったく突然のことだった。

その日はいきなり冷え込みが来て、僕は震えながら帰宅した。冴美は家にいるはずで、窓の灯は点《とも》っていたが、家の中は外よりいっそう冷え冷えとしていた。

「冴美！」

と僕は居間のドアを開けながら呼んだ。怒鳴るような調子になったのは、寒さのせいだ。

「冴美、もうストーブを出したほうがいいんじゃないか？」

冴美が家の中にいる気配はたしかにあって、それなのに何の応答も返ってこないので、僕は少し苛立《いらだ》った。

「なあ？」

とさらに呼びかけたが返事はなく、

「おーい、ただいま」

と声を張り上げながら僕は寝室のドアを開けた。

冴美はベッドの上に座って文庫本を読んでいた。ちらっと僕を見上げ、すぐにまた本に目を落とした。

読書に没頭していたのか、と僕は思った。そういう妻をそれまで見たことがなかったから、何か奇妙な感じがあって、それで、僕は様子を窺《うかが》うように、

「寒くないか？」

と訊《き》いた。

冴美は何も答えなかった。それどころか、本から顔も上げない。そうか、冴美は何か怒っているのだ、と僕は思った。心当たりはなかったが、結婚後二十年も経《た》てば、自分の行動や言葉の思わぬ部分がときに相手の不快になる、ということはわかってくる。冴美はわりと直截《ちょくせつ》に言うタイプだが、今回はよほど腹に据えかねることがあったのだろう――僕は、戦々恐々としながら、億劫《おっくう》にもなりその挙句少し腹も立てながら

――、

「何だよ、どうしたんだよ」

と言った。が、冴美はあいかわらず顔を上げなかった。ひょっとして泣いているのだろうか。そう考えたとたん冴美は本のページを繰った。

「おいおい、いい加減にしてくれよ」

僕は次第に腹立ちを募《つの》らせながら言った。黙ってたらわからないよ、一晩中ふてくされてるつもりなのか。

「おい、冴美!」

とうとう怒鳴ると、冴美はようやく顔を上げて僕を見た。

「あたしは勝子です」

「カツコ?」

「これからは、勝子と呼んでください。冴美という人のことは知りません」

それだけ言うと、冴美は再び本に戻った。それは派手な表紙の、見たことがない本で、ミステリーかホラー小説のようだった。

僕は、やれやれと思った。そして呆《あき》れつつも、妻を可愛《かわい》らしくも思った。発端は、僕への不満や怒りであるにしても、妻がはじめたのは何かゲームのようなものだと思ったからだ。

それで、その夜は冴美をそっとしておいた。風呂《ふろ》に入り、しばらくテレビを観《み》てから寝室へ行くと、冴美はもうベッドに入っており、やや面映ゆい気分で「おやすみ、勝子」と声をかけてみると、「おやすみなさい」という答えがあった。それで僕は、冴美の怒りもさほどではないんだなと、安心しもしたのだ。

が、翌朝、その日は冴美もレッスンがあり、僕と同じ時間に出勤しなければならないはずなのに、いつまでたっても起きてこなかった。呼びに行くと、布団《ふとん》の中で昨日の本を読んでいて、やはり顔も向けない。前日と同じく最終的に僕は声を荒げて、すると冴美は、「自分は勝子で、勝子は仕事などしていない」と言った。

僕は冴美をおいてフィットネスクラブへ出かけた。あんなふうに言っていても、何の理由もなく担当レッスンを休むはずはないと高をくっていたのだが、開始時間になっても冴美はあらわれず、慌《あわ》てて「朝から具合が良くなくて、様子を見ていたようだが快復しなかったらしい」とクラブ側に言い訳するはめになった。

その日、帰ると、冴美は一人で早々と夕食を食べていた。缶ビール、手をかけて作ったような分厚いサンドイッチ、クリームスープという、雑誌に載っているような献立。とっさに何をどう言っていいかわからず、僕が突っ立ったまま見下ろしていると、「召し上がる?」と冴美が訊いた。「冴美、……」と僕は言った。すると冴美はふいと顔を背けて、食べることに戻った。それで僕は了解しはじめた。妻は、だんまりを通すつもりではないらしい。だが口を利《き》くのは、勝子としてだけで、どうやら勝子は――これは、おいおいはっきりしてきたのだが――僕がまるで知らない女であるらしい。

　怒りが当惑に変わってからも、僕はしばらくの間、たとえば妻の子供っぽさに、あるいは頑固さに、怒っているつもりでいた。ほかにどうしていいかわからなかったからだ。

　一時は、二重人格とか妄想癖とか、精神的な病を疑ってみもしたが、たとえば怒鳴ったりかきくどいたりしている僕に、「自分は冴美ではなくて勝子だから、そんな話をしても無駄だ」と言い聞かせるときの妻の、うんざりした様子は、どう見ても正気なのだ。妻は異常なのではなくて異常になることを決めているように思えた。僕は楽観していたわけではない。それはむしろ悲観で、奇妙な確信でもあった。そうして僕はいよいよどうしていいかわからなくなり、ある日とうとう、妻に「勝子」と呼びかけたのだった。

「勝子」

　と昨夜も僕は呼んだ。すると、隣のベッドに横たわった妻は、「ん？」と僕に顔をむけて、微笑《ほほえ》んだ。

　僕は僕のベッドから、妻に――勝子に向かって、手を伸ばした。すると勝子も手を伸ばし、僕はその手を引っぱって、勝子を自分のほうへ引き寄せた。

こんなふうに僕と勝子はセックスもする。週に一度という回数は、冴美とのときより多いくらいだ。勝子と暮らすことに慣れてきても、僕は不安の中にいないわけではないから、手がかりのように肌に触れたくなる。

勝子とのセックスは、冴美とのそれと、とくに違いがあるわけでもない。ただ僕は、以前と違って、行為中に勝子の名を呼ぶようになった。そうしないと、自分が誰を抱いているのか、何を抱いているのか、ふいにわからなくなるからだ。

「勝子」と囁《ささや》くと、勝子は吐息や呻《うめ》き声で応《こた》える。それが僕を興奮させないこともないから、他人に言えば、まるで倦怠期《けんたいき》を迎えた夫婦の怪しげな秘め事のように思われてしまうのかもしれない。

公休日と重なった日曜日、朝起きると、勝子はかつらを着けている。

冴美が勝子になってひと月ほど経ったころから、ときどき着けているもので、栗色《くりいろ》の、くるくる巻いたショートヘアーのかつらだ。普段の勝子は黒くて真直《まっす》ぐな長い髪を、うしろで引っ詰めてシニョンにしているから、印象はずいぶん違う。そのうえ化粧のしかたや、着ているものもかつらに合わせたように変えているので、その女は僕にとってもはや勝子でさえないように見える。

「勝子」

とだから、たしかめるように僕は言う。

「どうするんだい？　今日は」

前回の公休日には、勝子はデパートへ行くと言った。そしてよかったら一緒に行きますかと言うので、僕らは一緒に出かけたのだった。ウィンドウショッピングをする勝子のあとをついて歩き、屋上でポップコーンと舌がま緑になるようなソーダ水を飲んで帰る、という、とぼけた休日となったのだが。

「今日は、お友だちに会いに行きます」

今朝の勝子はそう言った。

「友だちって、誰だい」

僕はそう聞いてみる。

「名前を言ったって、わからないでしょ。あなたの知らない人だもの」

勝子は悪戯《いたずら》っぽく笑って見せた。それからテーブルの上のサングラスをかけ、つば広の帽子をかぶると、鼻歌を歌いながら出ていった。

一人で外出する勝子を、僕は二度、つけていったことがある。男の影を疑ったのだ。

ずいぶん昔のことのような気がする――というのはつまり、僕はそのとき実際には、冴美の「失踪《しっそう》」を、男の影というわかりやすい理由で片付けたがっていたのだ、と今ならわかるからだ。

そうして、その尾行は、二度とも徒労に終わった。一度目、くるくるのかつらを着けた勝子は駅前からバスに乗り、着いたのは植物公園だった。梅にもまだ早い二月、ほとんど何の花も咲いていない閑散とした園内を勝子は律義《りちぎ》に順路通りに一周し、それから、すぐ隣の、その辺りの手軽な観光地となっている寺へ向かい、楽焼きの店に入った。選び出した素焼きの徳利《とっくり》にどんな絵付けをしたのかまでは見えなかったが、焼き上がるまでの勝子は併設された甘味処《かんみどころ》で甘酒を飲みながら、文庫本を読んでいた。寺を出るときには日が暮れていて、勝子はそのまま来た道を家まで戻ってきた。

二度目は、電車に三十分ほど乗ってハローワークへ行った。今度こそ何か手がかりが摑《つか》めるのではないかと、そのビルの向かいのファストフードで僕はむなしく期待したものだが、間もなく出てきた勝子が次に向かった先は、映画館だった。封切りのSF映画。仕方なく僕も入ってみたが、仕掛けが大掛かりというだけの、漫画みたいな映画だった。上映が終わると、僕は映画館の出口で、勝子を待った。人波に押されるようにして出てきた勝子に、「やあ」と片手を上げると、少し驚いた様子だったが、動揺するでもなく「あなたも来てたの？」と言った。「案外つまらなかったわね」と。それから勝子に付き合って、駅ビル内の食料品売り場で肉まんを買ったのち、僕らは一緒に帰路についた。

僕は、町に向かって自転車を漕《こ》ぎだした。

以前なら、公休日にはあまり外には出かけず、家の中でスポーツ理論の本を読んだり、指導計画をあれこれひねってみたりすることのほうが多かった。が、今は、勝子が僕を残して出かけてしまうと、何か身の置き所のないような気持ちになる。それで散歩が新しい習慣になりつつある。奇妙なことだ。僕はかわらず進藤次生《しんどうつぐお》のままなのに。

どこへ行こうか、と僕は考えるふりをする。が、足は勝手にペダルを漕いでいて、とっくにある方向を目指している。三十分も走ればそこに着く。モデルハウスの展示場だ。半年ほど前、あてもなく走っているときに偶然見つけた。広大な敷地に、とりどりの邸宅の見本が三列になって並んでいて、テーマパークさながらの空間だ。

家を建てようなどと思っているわけではない。マンションの一室ならともかく、土地を買って家を建てられるほどの蓄えはない。たぶん、はじめてこの場所に来たとき、以前に冴美と一緒にモデルルームを見学したときの思い出が、どのようにか作用したのだろう。感傷みたいなものかもしれない。いずれにしても、今の僕にとっては公園などよりよほど落ち着く場所なのだ。

守衛が僕の自転車を通すために車を止めてくれる。僕は彼の顔を覚えているが、毎日大勢の来場者を見ている彼は、僕を見覚えてはいないだろう。僕は指定の場所に自転車を止め、町の中のもう一つの町へ、歩き出す。どの家に入ろうかと考える。散歩の行き先と違って、これは実際に考える。そのときどきの気候や気分と相談するのだ。三列の家の間を往復し、最初の列の二番目の家に入ることに今日は決める。地中海ふうというのだろうか、明るい砂色の壁の、アーチ型の門がある三階建ての家だ。

玄関に脱いである靴の数を見ると、すでに二組の夫婦、あるいはカップルが見学中であるのがわかる。だが一階には人の気配がない。先客は、二階か三階にいるらしい。営業マンも彼らと一緒にいるのだろう。僕はリビングのソファーに座り、家の中を見渡した。一階にはバスルームのほかはキッチンとリビングしかないようだ。そのぶんリビングは広い。カウンターで仕切られた対面式のキッチン、八脚も椅子《いす》が並んでいる細長いテーブル、観葉植物。リビングの天井は三階まで吹き抜けになっていて、見上げると、二階の廊下から張り出した緑の枝ぶりが見える。

こんな家に住む人もいるんだなあ、と僕は思う。僕の風体や表情を人が見れば、叶《かな》わぬ夢に身を焦《こ》がしていると決めつけるのかもしれないが、僕の気分は、羨望《せんぼう》とか嫉《しっ》妬《と》とはべつのものだ。簡単に言うと僕はぼんやりしてしまう。目を細め、遠くを見る。遠くと言ったって来場者が行き来する窓の外が見えるだけだが。僕の気分は、自分でもおかしなことだと思うが、子供の頃、海へ行ったときとか、山の展望台に登ったときに似ている気がする。

微《かす》かに聞こえていた話し声が近づいてきたと思ったら、階上にいた人たちが降りてきた。見学中に気安くなったのか盛んに談笑していた四人の男女が僕を見てちょっと驚いた顔になり、最後尾の営業マン――営業ウーマン――が、慌てて「いらっしゃいませ」と笑顔を作った。

「いかがでございますか。よろしかったら二階、三階もぜひごらんください。ご案内させていただきます」

ええ、と僕は曖昧に頷《うなず》いた。

「あら。それなら私も、もう一度見てこようかな」

青い水玉模様のスカーフを首に巻いた若い女性が言い、

「おいおい、遊園地じゃないんだから」

と、その夫らしい男が応じて、一同は再び賑《にぎ》やかに笑う。

「よろしいんですよ、何度でもごらんいただけるのは、当方としても嬉《うれ》しいですわ
……」

笑いながら営業ウーマンがさりげなく差し出した来場者名簿に、僕は自分の名前を書いた。


モデルハウスから戻って来ると部屋の前に義母がいた。

悲しみかあるいは怒りが深すぎるせいでいっそ無表情に見える顔を僕に向けて、

「入れないのよ」と言う。

僕は自分の鍵《かぎ》を使って、ドアを開けた。案の定玄関には冴美の靴があった。すでに帰ってきている。にもかかわらず自分の母親を閉め出しているのだ。

「勝子」

僕は冴美にというより、義母に聞かせるように呼んだ。すると居間のドアが開いてするりと勝子が出てきた。栗色のかつらも、バラ色のセーターに白いパンタロンとい

う若やいだ服装も朝のままだ。

「お客さんだよ」

物憂《ものう》げな顔で勝子は頷き、義母は僕を睨《にら》みつける。どうぞ、というように勝子は母親に居間への道を譲り、僕は声に出して「どうぞ」と言った。

僕らがソファーに掛けると、勝子はキッチンへ行き紅茶を入れて運んできた。が、テーブルにカップを置くとぺこりと頭を下げてキッチンへ戻ってしまった。椅子に腰かけて、文庫本を読みはじめる。やる気のないウェイトレスのようだ。

義母は口をむっつりと閉じたまま、キッチンを見、僕を見て、それから足元の、下げてきた紙袋を探った。折を取りだしてテーブルに置き、

「大村鮨《ずし》を持ってきたのよ」

とキッチンに向かって言った。僕ははやくも心を痛めた。大村鮨は冴美の故郷の名物で、彼女はそれに目がなかった。

「冴美!」

叫ぶような義母の声に勝子はちらっとこちらを見たが、それだけだった。またすぐに文庫本を繰りはじめる。

義母は再び僕を見た。睨むことで涙を堪《こら》えているらしかった。義母は、自分の娘を

勝子と呼ぶことを、頑《かたく》なに拒んでいる。周囲が認めてしまえばいっそうひどくなるわ、と僕に言う。彼女がそう考えているのは、僕と同様、娘が狂気の領域には踏み込んでいないと信じているからなのだろうが、勝子と呼ばないかぎり、彼女の娘は返事をしない。彼女を無視する。部屋から閉め出すことまでするのだ。結局その頑なさのせいで、彼女の娘は彼女の前でもっとも異常な振舞いを見せるようになってしまう。

義母はいきなり鮨の折をつかんで立ち上がり、つかつかと勝子に近づいていった。勝子の鼻先に折を突きつけ、

「ほら、食べてみなさい！」

と怒鳴った。顔を背ける勝子に「ほら、一口食べてみればいいから！」となおも迫る。勝子は義母を押しのけると、寝室へ逃げ込んだ。鍵を回す音が聞こえた。

「どういうことなの？」

義母は僕に向き直ってそう言ったが、僕は答えなかった。義母は最後にはいつもそう言う。答えを求めているわけではないのだ。

娘の冴美が消えたのは、僕のせいだ。あるいは、僕らは共謀している。義母はそう言いたいだけなのだ。

3

冴美と僕は大学卒業と同時に結婚した。

大学に入学して間もなく付き合いはじめ、互いにほかの誰かに目移りすることもなく四年が経《た》ち、結婚するのはごく自然なことに思えた。

そうだ、何もかも自然だった。二十年の結婚生活を振り返って、僕が確認するのはそのことだ。子供はできなかったが、僕も冴美もそれならそれでいいと考えていた。医者に行くこともなかった。もちろん話し合ってのことだ。僕が母校の水泳部のコーチを辞め、フィットネスクラブに就職したときも、何か事件とか、諍《いさか》いがあったわけではなく、僕自身のキャパシティとか収入とかいろいろな面で、そういう潮時だったというだけのことだ。

それからしばらくして、今とはべつのフィットネスクラブで水泳のインストラクターをしていた冴美が、仕事を辞め、週に三日、フラメンコを習いに行くようになったのも、なめらかな道筋に間違いない。あのときは、友人知人の多くが、驚いた顔をしたり、何か特別な理由を聞きだそうとしたりしたものだが、僕らは笑って受け流した。

冴美にたしかめるまでもなく、じっさい理由らしい理由はなかったのだろう。それは、時が経つのに理由がないのと同じことだと僕は思う。

「鮎《あゆ》の会」はようするにフィットネスクラブメンバーと職員の懇親会だ。

いつも同じ居酒屋の座敷を借り切って、月に一度のペースで開催される。メンバー有志が僕らを誘うかたちではじまった最初の頃は、「マッスルの会」といった。それがふざけて「スルスルの会」となり、クラブ側主催の会となったとき、それではまずいだろうということで今の名称になった。もともとはスイミングスクールが母体のフィットネスクラブであることから、鮎はスイミングの上達と、「鮎のようにシェイプアップされた体」とをかけている。

席は会場に来た順番だ。どうしても上座が空くのでそこは最後に到着した人の「特等席」となる。もちろん日頃仲のいい同士がかたまって座ることになる。僕らとしてはクラブ内の派閥が俯瞰《ふかん》できる場でもあるのだが、ただ眺めているというわけにもいかない。

「やってますか」

ビールの瓶と、自分のグラスを持って、僕はグループをひとつずつ回る。

「あー、来た来た」

女性会員の多くは早々に酔っぱらっている。顔を真っ赤にして液体のように姿勢を崩した女性たちのグラスの一つ一つに僕はビールを注ぐ。僕のグラスにもビールがなみなみと注がれ、「それじゃ、乾杯！」と言って一口飲むと、「あーあ、進藤コーチはまたまた、こずるい飲みかたしてえ」と遠慮のない声が上がる。

スタッフの中のある者たちのように、僕は自分を「男芸者」だとは思わない。男芸者なのだとしても、それが僕の仕事だ。働くということは、生きていくということは、誰にとっても多かれ少なかれ芸者をやるということではないのか？　だから、スタッフだけの飲み会で、それこそ早々に酔いくずれて愚痴を言い募る若手コーチたちに、僕らを芸者扱いする会員たちだってそれぞれの職場では芸者なのだ、あるいは家に帰れば夫の芸者であったり妻の芸者であったりするのだ、と言い聞かせもするのだ。

「進藤コーチって、ウェスト何センチ？」

「スリーサイズはひみつです」

だから僕はそう答える。キャハハハという笑い声。

「遠慮しておっしゃらないのよ。あたしたちの中で、たぶんコーチのウェストがいちばん細いもの」

「言えてる、言えてる」

「コーチの腰って、あたしの太股《ふともも》とちょうど同じくらいだもんね」

「何言ってるのよ、あなたの足のほうが太いわよ」

「ちょっと。聞いたあなた？　今の発言」

　太った女性がそれよりはやや細い女性をぶとうとしてよろけ、テーブルの上のグラスや瓶が将棋倒しに倒れた。ああ大丈夫大丈夫、今拭《ふ》くものを持ってきます。僕は備えつけのサンダルをつっかけて店の厨房《ちゅうぼう》に向かう。雑巾《ぞうきん》を貸してほしいと声をかけると、こちらで拭きに行きますとの答えがあったので、そのまま手洗い所に入った。うまい具合に逃げることができたなと思う。

　手を洗っているとドアが開き、入ってきたのはさっきのグループの中の一人の、椎《しい》名《な》さんだった。エキスパートスイミングの常連で、達者に泳ぐ、スタイルのいい女性だ。まさか探しに来たわけではないだろう、僕は軽く微笑《ほほえ》むと、冗談めかして「じゃ、お先に失礼します」と言って彼女と入れ替わりに出ようとした。椎名さんの手が伸びてきて、僕の腰に巻きついたのは、まったく不意打ちだった。

「七十五センチ。いえ、七十センチくらいかしら」

　椎名さんはそう言いながら、両手で僕の腰を強くつかんだ。

居酒屋を出たあと、僕は椎名さんと二人で喫茶店に入った。
どうしてそういうことになったのかよくわからない。気がついたら二人になってい
た。さっきの手洗い所での一件も含めて、これは女性会員たちが企《たくら》んだ「どっきりカ
メラ」みたいなものなんじゃないのか、と僕は思った。だから逆に、「ちょっと酔い
をさましていきませんか？」という椎名さんの誘いを断らなかったのだ。
椎名さんが僕を連れていったのは、居酒屋のあるメインストリートの裏通りにある、
「ミロ」といううらぶれた喫茶店だった。酔いをさますなら駅前のファストフードで
もよかったはずだし、だいたい普段はつんとしていて、感じが悪いというのでもない
が必要なこと以外は喋《しゃべ》らないタイプの椎名さんが、僕に触ったり誘ったりするのはど
う考えても普通ではない。いつものことだが、椎名さんは宴会に参加しても極力セー
ブして酒を飲むし、今夜も酔っている様子などないのだ。それで僕は、とにかくコー
ヒーを飲みながら、誰かが種明かしにあらわれるのを待ったが、コーヒーを飲み終わ
っても、何事も起こらなかった。
僕はあらためて椎名さんの顔を窺《うかが》った。自分から誘ったくせに、椎名さんはミロに
来てから一言も口を利《き》いていなかった。その態度が、僕が考えていたように座興の一

部ではなかったとするなら、椎名さんは怒っているのだ。たぶん、僕に対して。だがなぜだ？　僕だってここへ来てから一言も口を利いていないのに。

「酔いはさめましたか」

　仕方なく、僕はそう言ってみた。椎名さんは僕と目を合わせないまま頷《うなず》く。

「もう一杯コーヒー飲みますか。それとも水をもらいましょうか」

「コーチの奥さん、本当はどこにいるんですか」

え、と僕は顔を上げて椎名さんを見た。

「私、失礼します」

　椎名さんは伝票をつかむと椅子《いす》を蹴《け》って立ち上がった。慌《あわ》てて僕も立ち上がったが、椎名さんはレジにほとんど突進すると、僕を振り払うようにして代金を払い、僕の鼻先でドアを閉めて出ていった。

　そうか、僕が誘わなかったことが彼女を怒らせたのだ。

　僕がそう気づいたのは、ホームで電車を待っているときだった。喫茶店に誘うことが、椎名さんの精いっぱいの意思表示だったのだ。そのあとは僕が引き受けるべきだと彼女は決めていたのだろう。

　僕はホームの端から端まで歩き、伸び上がって、椎名さんの姿を探した。さっき猛然と店を出て行った椎名さんの姿が駅周辺で見つかるはずもなかったが、もし見つかったら、家に連れて帰ろう、と考えた。

僕はいつもより飲みすぎていたのかもしれない。椎名さんを連れて帰る。現実味はまったくないにもかかわらず、その考えにひどく心が騒いだ。やってきた電車に乗り込み、椎名さんから刻々と離れていきながらも、生々しく空想を巡らせていた。

今、僕の家にいるのは冴美ではなく勝子なのだから、ほかの女を連れて帰って悪いはずはない。義母が来たときのように、「お客さんだよ」と言えばいい。そうして、二人で寝室へ入っていったら、勝子はどんな顔をするだろうか。

あまりにも空想に浸っていたせいで、家に帰り着いたとき、僕はいつものように「冴美」と呼んでみることをしなかった。

「ただいま、勝子」

思わずそう呼んでいた。返事はない。彼女が家にいるなら、勝子と呼べば応《こた》えるはずだ。もう眠ってしまったのだろうか。

だが寝室にはいなかった。ベッドにはきちんとカバーがかかったままだ。居間にもキッチンにも、浴室にもトイレにも気配はなかった。

勝子はどこにもいなかった。

4

そうだ、あの日の夜ではなかったか。

僕は突然そう考える。

冴美と一緒にマンションのモデルルームを見に行った日の夜。僕らは焼き肉を食べに行った。買物をして、家に帰って食べるつもりだったのだが、冴美が疲れているようにも見え、スーパーへ寄るのが僕も何か面倒になってきて、そういうことになったのだった。

街道筋の、ちょっと高いがそれなりに旨《うま》い肉を出す店へ行った。二人とも気取ったレストランや凝った食事は柄ではないので、数少ない外食の機会はたいていは鍋物《なべもの》か焼き肉になる。その店へは、年に二、三回行くか行かないかだが、注文はたいていいつも同じだ。生ビール、グリーンレタスのサラダ、キムチ、たん塩とカルビ。冴美はビールのジョッキを半分ほど空けたところでクッパかビビンバを頼み、僕はジョッキを三杯お代わりしたあと、まだ腹に余裕があれば同じものを頼む。

そう広くない店内の向こう半分を、テーブルを二つ繋《つな》げて、あの日は若い男女のグループが占めていた。そうだ、そのせいだったのかどうか、いつもはそう待たされることもないのに、あの日にかぎって、ビールとサラダが運ばれてくるまでにずいぶん長い間があった。僕らは普段からさほど会話する夫婦ではなかった。かといって、会話のない夫婦というわけでもなかったが、あの日は若いグループから盛んに聞こえてくる歓声や笑い声のせいで、自分たちの間の静けさがことさらに意識されるようだった。冴美が、名前のことを言い出したのは、あのときではなかったろうか？

「何？」

とふいに冴美は眉《まゆ》をひそめたのだった。

「何？」

と僕はおうむ返しに訊《き》いた。

「勝子って言った？」

「え？」

と僕は苦笑した。まったくわけがわからなかったから。すると、冴美も困ったように口元を緩めた。

「勝子って聞こえたような気がして」

「勝子？　知ってる人？」

「そういうわけじゃないんだけど……」

「何の話だい？」

そのときようやくビールとサラダが運ばれてきて、話は何となく立ち消えになった。

そうだ、たしかにあのときだった気がする、冴美の口から「勝子」という名前が出たのは。いや、勝子じゃなく悦子だったかもしれない、絵美だったかもしれない。よく覚えていない。だが、とにかく冴美はあのとき、べつの名前のことを口にしたのではなかったか。

僕はさらに思いだした。あの日は二人ともみょうに食欲があり、追加注文したのだった。奮発して、一人前二千五百円の特上カルビをはじめて頼んだが、結局食いきれなかった。肌色に見えるほどの霜降り肉で、僕らには脂《あぶら》がくどすぎたのだ。

それぞれ一枚ずつ食べただけであとは手付かずのままの皿のせいで、少し雰囲気が悪くなった。もったいないから包んでもらうか、という僕の言葉に冴美が過剰に反応したのだ。いやよ、みっともない、と冴美は言った。みっともないことあるか、残して帰るより店の人も喜ぶよ、と僕は少しむきになって言い返した。持って帰っても結局食べないだろうし、店の人に持ち帰りを頼むのは億劫《おっくう》だと思いもしていたのだが。わかったわ、じゃああなたが頼んで、と冴美が言うと、もういいよ、と僕は言った。

冴美は肩をすくめて、僕らは仏頂面《ぶっちょうづら》でぬるいウーロン茶を飲んだ。

そもそものはじまりはあれだったのか。僕は思い、ばかな、と声に出して呟《つぶや》く。あんなものは諍《いさか》いとも呼べない。あの程度の口争いはこの二十年間に無数にあった。そもそも今日まで、忘れていたくらいなのだから。


冴美が消えて十ヶ月。そして勝子が姿を消して、二週間が経《た》った。

明日こそ失踪《しっそう》届けを出そうと思いながら、僕は日々をただ重ねている。僕の前から女が消えた。それはたしかだ。だが消えたのは誰なのか。冴美なのか勝子なのか。そのどちらでもないのか。警察へ行けばすべてを最初から説明しなければならないはずで、そう考えると腰が引けた。何か、警察官にというより僕自身に、どう説明しても説明しきれないような気がする。


とにかく、僕は冴美のフラメンコのレッスンを抹消して、新会員募集のチラシの下書きを作り、それは印刷され新聞に折り込まれて、すでに今日、僕が受け持つ初級クラスには、チラシを見てやってきたという新メンバーが二人参加している。

「それでは、慣らし運転とまいりましょう!」

初級クラスでは、僕はとくにコミカルに振る舞う。水に慣れていない初心者の緊張をほぐさなければならない。今日の参加者は十四人、僕はその先頭に立ち、もちろんこのクラスでは泳ぎはせず、クロールのフォームで腕をまわしながら、歩き出す。

「え？」

と僕は聞き返した。二十五メートル歩いて折り返すとき、生徒たちの先頭、つまり僕のすぐうしろについていた女性が、何か言ったのだ。

「先生の奥さんを、私、見ました」

僕は思わず、その女性をまじまじと見た。そういえばこの人は、僕のレッスンに参加するのははじめてだ。よく見かける顔だから、はじめてだという感じがしなかった。いつも、足の悪い母親と一緒に、第六コースを歩いていた人だ。あの母親はどうしたのだろう。

「さあ、帰りは平泳ぎでいってみましょう！　すいすい～っと。口に出してもいいんですよ。あたしは上手、すいすい～ってね」

僕は女性の言葉を無視すると、ことさら快活にそう言って、復路を進みはじめた。

今日は一日雨、雨足は次第に強くなり、そのうえこの秋一番の冷え込みになるでしょう、と朝の天気予報で言っていた。

　僕は自転車を諦《あきら》め、傘をさして歩き出す。クローゼットの奥から探し出した樟脳《しょうのう》の匂《にお》いのするベンチウォーマーのポケットには、冴美の写真が入っている。警察官には、栗色《くりいろ》のかつらや化粧のことも説明しなければならないな、と考えながら、だが僕の足はするりと派出所の前を通りすぎ、モデルハウスの展示場へ向かう。

　徒歩だと小一時間の道のりの間に、予報通りに小雨は本降りになり、展示場のゲートにはいつもの守衛の姿もなかった。今日、フィットネスクラブは館内改装のために休みとなったが、世間では平日で、しかもこの天気だから、来場者も少ないのだろう。暗い曇天の下、降りこめられて、モデルハウスの家並みはいつもと違って見える。べつの町があらわれたようにも、雨に濡《ぬ》れてなぜか現実の町に近づいたようにも思える。

　さすがにひどい降りなので僕はあまり歩かず、手前の一軒を選んだ。玄関の靴をたしかめるより早く、高い笑い声が聞こえてきて、はっとして顔を上げると、リビングでスーツ姿の男女が談笑していた。おそらく、営業マンと営業ウーマンなのだろう、僕に気づいた二人の表情にこちらのほうがばつの悪い気持ちになり、僕は踵《きびす》を返すとその家を出た。

　足の勢いで通りを渡り、向かいの家に入る。純和風の二階屋だ。音もなく滑る格子《こうし》戸《ど》を開けると、備前焼《びぜんやき》の大きな壺《つぼ》があしらわれた玄関はすっきりしていた。先客はないらしい。縁のない畳を敷き詰めた茶の間や、収納棚を張り巡らせたコックピットのようなキッチンを一渡り覗《のぞ》くと、僕は二階へ上がった。和室が三つあるほか、廊下が板の間と言っていいくらい広々と取ってあり、窓際《まどぎわ》の片隅に小さな机が作りつけてある。

僕はそこに座った。窓から雨と、隣の家の壁を眺めながら、ここを出たら派出所へ行き、妻の失踪届けを出そう、と考えた。そうすることが今度こそできそうに思えたが、その一方で、これから自分は休みのたびにここへ来て、派出所へ行くことを考え続けるのだろう、という気もした。

階段を上がってくる足音がしたので僕は振り向いた。そこに勝子が立っていた。

「あなた、やっぱりここにいたのね」

その言葉で、僕は自分の間違いに気づく。

「……冴美？」

僕の妻は頷《うなず》く。黒髪のシニョン。あらためて見れば、襟元《えりもと》まできっちりボタンを留めて着込んでいるレインコートは、二年くらい前に一緒に外出したとき雨に降られて、デパートで買ってやったものだ。

「家にいないから、きっとここだと思って」

「帰ってきたのか」

「そうよ。ただいま」

少し照れたように冴美は笑う。

「フラメンコのレッスン、削除してしまったぞ」

まず先に何を言えばいいのか、考えあぐねて僕はそんなことを言った。しかたがないわ、と冴美は頷く。

「べつのクラブで職を探すわ。どうせフラメンコはもうやめようと思っていたから。……」

そのときもう一つの足音が聞こえた。階段を上がってきたのは、来場者名簿を小脇《こわき》に挟んだ営業マンだった。にこやかに笑い、僕に名簿を差し出す。

「いかがでございますか。よろしければこちらにご記入ください」

僕は名簿を受け取った。いつものことだ。ただ今日は、ボールペンを握る僕の手元を、冴美が覗き込んでいる。

その視線を意識しながら、僕は、僕の名前を書いた。

進藤次生、と。

解説

金原瑞人

井上荒野、前々から物騒な作家だなと思っていた。第一作品集『グラジオラスの耳』文庫本の解説に「ひとをぞくりとさせる、周到にして予定不調和……」（江國香織）と書かれているが、要するに、物騒なのだ。『ヌルイコイ』も『もう切るわ』も、そうだ。『だりあ荘』も後半、物騒な展開になっていく。

物騒といっても、やさぐれた物騒さではない。読んでいて、じわっと肌にしみてくるような物騒さ、とでもいえばいいのだろうか。どこか、やりきれなさの漂うというか……そんな雰囲気がいろんな作品にひそんでいる。だから、子どもにはわからないだろうといつも思う。読者の成熟度をはかるには、井上荒野を読ませろと、だれかがいっていたが、まさにそうだ。

彼女の作品は脂《あぶら》っこい。どれも脂っこい。嚙《か》みしめると、じわっと脂がしみ出てくる。匂《にお》いでもあり、臭《にお》いでもある「におい」をそなえたうま味、これこそ彼女の小説の本質なのだと思う。「身欠きにしん」のような脂の抜けた作品はこくがない。物足りない。子どもか老人の読み物だ。気力と体力と想像力にあふれた大人には、「天然ブリ」を勧めたい。エリナ・ファージョンや池波正太郎は、子どもと老人にまかせておけばいい。

ところで、この『しかたのない水』。今度、これが文庫になるので、その解説をという依頼があったとき、一瞬、「？」と思った。翻訳家・金原のイメージとちょっと違うからだ。金原のテリトリーは、いってみれば、ヤングアダルトから児童書、たまに一般書（最新の翻訳はカート・ヴォネガットの『国のない男』）。そこに井上荒野……？

そこでふと思い出したのは、二〇〇七年十二月に出た光文社の「本が好き！」だった。この雑誌の毎月担当している書評コーナーで、『とげ抜き新巣《しんす》鴨《がも》地蔵縁起』（伊藤比呂《ひろ》美《み》）『スリースターズ』（梨屋《なしや》アリエ）『私の男』（桜庭一樹《さくらばかずき》）の三冊を取り上げたのだ。

そうか、このあとに井上荒野の『しかたのない水』を持ってくれば、なんの違和感もない。四冊、それぞれに風味のちがう物騒な小説がずらりと並ぶ。どれも、利き手に握って街を歩くと、出刃包丁に見間違えられそうな作品ばかりだ。

編集者がそう考えたかどうかは知らないが、依頼された側としては、とりあえずそう納得することにした。なにしろ、井上荒野の作品はほとんどとはいわないが、半分以上は読んでいる。しかし『しかたのない水』は未読だったので、「取りあえず、作品を読ませていただけますか？」というメールを出した。そして最初の二編を読んだところで、見事、この本の毒気にあてられてしまった。

これはフィットネスクラブにやってくる人々をそれぞれ主人公にした連作短編集で、ある短編の主人公がほかの短編の相手役になったり、点景になったり、伏線になったりという感じで進んでいく。

第一話の「手紙とカルピス」は「昨日、俺は暁子《あきこ》を殴った」と始まる。いやな始まり方だ。途中で、「受付女とは速攻でやった」とか出てくるし。そのうえ「俺」はその子を捨て、またほかの女の子に……その女の子というのが、死んだ母親の文通相手である五十六歳の女性から託された姪《めい》で……。

これを読み終えたとき、このいかにもいい加減な男のことを考えて、しんどいなと思った。と同時に、ひしひしと絶望感も伝わってきた。最後はこう終わる。

捨てきれないから、俺は清月ゆりかの手を引っ張って、発車ベルが鳴る電車に飛び乗る。そうしながら、今すぐこの女を放り出して、どこかに逃げ出せたらどんなにいいだろう、と俺は思う。

いやな男だな、と思う。が、次々に女を変えながら、新しい女と寝るたびに、「どこかに逃げ出せたらどんなにいいだろう」とつぶやくこの男は、自分でも自分がいやでしょうがない。しかし相手の女から逃げだすこともできなければ、そんな自分から逃げだすこともできない。「俺は自分が今からしようとしていることに呆《あき》れ果てている」のだ。

……俺はたちまち後悔する。こんな女のいったいどこがいいんだろう、と。が、それはいつものことだ。暁子のときもそうだった。パチンコ屋のカウンターに座っていたあいつを今とまったく同じ言葉で誘ったとたん、俺は猛烈に後悔したのだ。

つねにこの繰り返し。この男は。生涯一緒になりたいと思うような女に好かれることはないのかもしれない。いや、この男は、誘った瞬間、相手の女を裏切る自分を演出してしまうのかもしれない。いや、この男は、じつは自分で自分を常に裏切っているのかもしれない……などと考えながら、次の「オリビアと赤い花」を読む。

エアロビのクラスのなかで「肌の艶《つや》や体の線の若々しさは間違いなく私がいちばんだ」という、三十七歳の「私」が主人公。三つの女の子がひとりいるが、とてもそうは見えない。そしてひとつ、いかにも彼女らしい趣味がある。インターネットの「出会い系サイト」で男を誘っておき、待ち合わせには前もって知らせた服装とまったく違う姿で現れて、その男をながめるという趣味だ。

ところが、最後にはこの「私」も、「私の状況」に見事に裏切られていく。

次は、古本屋を始めようとする男の不倫がらみの話「運動靴と処女小説」。この男も相手に裏切られてしまう。

四編目の「サモワールの薔薇《ばら》とオニオングラタン」が抜群にいい。というか、うまい。ため息がもれるほどうまいなと思う。そして身震いするほど怖い。七十歳になる母親といっしょに住んでいる三十五歳の女性が主人公だが、まず、なにより冒頭の部分が素晴らしい。

「朝起きると体がみっしりと重かった」から始まる倦怠感《けんたいかん》に満ちた一段落と、その次の「お寝坊ねえ」という母親の言葉がかもしだす、きしみと不気味さ。そしてそのあと、こう続く。

……私は毎晩毎晩、自分で自分を慰めているのよと。言わずにいるのは、彼女の答えが恐《こわ》いからだ。平気な顔で「大丈夫、おかあさんも、そうよ」などという答えがもし返ってきたらどうしよう、と思うからだ。

最初の二ページほどに母娘《おやこ》のグロテスクな関係が凝縮されている。そしてお互いにお互いを裏切りつつ暮らさざるをえないふたりの、もつれとからみが鮮明に写し取られていき、新たな展開を見せ始めた次の瞬間に響く悲鳴。彼女は自分の体に見事に裏切られる。

恐い短編のアンソロジーを編むとしたら絶対に入れたい一編だ。短編として完璧《かんぺき》に仕上がっているだけでなく、ここに「手紙とカルピス」の男が微妙に、しかし絶妙にからんでくるとき、この短編は軽やかな音を立てながら、大きく広がっていく。

連作短編集ならではの醍醐味《だいごみ》だ。

連作短編集というのはなんとなくまとまりがついてしまうものだから、ともすると短編にもなっていない短編を不細工に並べた駄作になりかねない。いっそ普通の短編集にしてしまえばよかったのにと思う作品のほうがはるかに多い。ひとつひとつの短編が短編として完成されていて、そのひとつひとつの作り出す世界が集まって、さらに大きな宇宙をかいま見せるような連作短編集は数えるほどしかない。思いつくままにあげてみると、辻原登《つじはらのぼる》の『遊動亭円木《ゆうどうていえんぼく》』、梨木香歩《かほ》の『家守綺譚《いえもりきたん》』、金城一紀《かねしろかずき》の『映画篇』……そう、ぜひここにこの『しかたのない水』を入れよう。連作短編集の世界がまた大きく広がる。

さて、恐い短編のアンソロジーにもうひとつ入れたいのが、「サモワール」の次の「クラプトンと骨壺《こつつぼ》」。これも同じくらい、いやそれ以上に凄《すご》みのある小説で、やはりフィットネスクラブの会員が数人からんでくる。「サモワール」と「クラプトン」は、もうどうしようもないくらいに怖《おそ》ろしく、なにより切ない作品で、一度読んだらまず忘れられない。たしかに、「切ない」というのは「身を切ること」なのだ。

そして最後の「フラメンコとべつの名前」。これにはなんの解説も説明もつけない。最後の最後で、作者はそれまで緻密《ちみつ》に丹念に作り上げてきた世界を驚くほど鮮やかにくつがえしてみせる。いや、思いもよらなかったところにまで、世界を広げてしまうというべきだろうか。

祈りがこの上なく美しく結晶したような短編がここに輝いている。

（平成二十年一月、法政大学教授・翻訳家）

この作品は平成十七年一月新潮社より刊行された。

井上荒野著

潤一

島清恋愛文学賞受賞

伊月潤一、26歳。気紛れで調子のいい男。女たちを魅了してやまない不良。漂うように生きる潤一と9人の女性が織りなす連作短篇集。

江國香織著

きらきらひかる

二人は全てを許し合って結婚した、筈だった……。妻はアル中、夫はホモ。セックスレスの奇妙な新婚夫婦を軸に描く、素敵な愛の物語。

江國香織著

こうばしい日々

坪田譲治文学賞受賞

恋に遊びに、ぼくはけっこう忙しい。11歳の男の子の日常を綴った表題作など、ピュアで素敵なボーイズ&ガールズを描く中編二編。

江國香織著

つめたいよるに

愛犬の死の翌日、一人の少年と巡り合った女の子の不思議な一日を描く「デューク」、デビュー作「桃子」など、21編を収録した短編集。

角田光代著

キッドナップ・ツアー

産経児童出版文化賞フジテレビ賞
路傍の石文学賞

私はおとうさんにユウカイ(=キッドナップ)された！　だらしなくて情けない父親とクールな女の子ハルの、ひと夏のユウカイ旅行。

角田光代著

真昼の花

私はまだ帰らない、帰りたくない――。アジアを漂流するバックパッカーの癒しえぬ孤独を描いた表題作ほか「地上八階の海」を収録。

川上弘美著　センセイの鞄
谷崎潤一郎賞受賞

独り暮らしのツキコさんと年の離れたセンセイの、あわあわと、色濃く流れる日々。あらゆる世代の共感を呼んだ川上文学の代表作。

川上弘美著
吉富貴子絵　パレード

ツキコさんの心にぽっかり浮かんだ少女の日々。あの頃、天狗たちが後ろを歩いていた。名作「センセイの鞄」のサイドストーリー。

梨木香歩著　りかさん

持ち主と心を通わすことができる不思議な人形りかさんに導かれて、古い人形たちの遠い記憶に触れた時——。「ミケルの庭」を併録。

梨木香歩著　エンジェル エンジェル エンジェル

神様は天使になりきれない人間をゆるしてくださるのだろうか。コウコの嘆きがおばあちゃんの胸奥に眠る切ない記憶を呼び起こす。

小川洋子著　薬指の標本

標本室で働くわたしが、彼にプレゼントされた靴はあまりにもぴったりで……。恋愛の痛みと恍惚を透明感漂う文章で描く珠玉の二篇。

小川洋子著　博士の愛した数式
本屋大賞・読売文学賞受賞

80分しか記憶が続かない数学者と、家政婦とその息子——第1回本屋大賞に輝く、あまりに切なく暖かい奇跡の物語。待望の文庫化！

いしいしんじ著

ぶらんこ乗り

ぶらんこが得意な、声を失った男の子。動物と話ができる、作り話の天才。もういない、私の弟。古びたノートに残された真実の物語。

いしいしんじ著

麦ふみクーツェ

坪田譲治文学賞受賞

音楽にとりつかれた祖父と素数にとりつかれた父。少年の人生のでたらめな悲喜劇を貫く圧倒的祝福の音楽、そして麦ふみの音。

上橋菜穂子著

狐笛のかなた

野間児童文芸賞受賞

不思議な力を持つ少女・小夜と、霊狐・野火。森陰屋敷に閉じ込められた少年・小春丸をめぐり、孤独で健気な二人の愛が燃え上がる。

上橋菜穂子著

精霊の守り人

野間児童文芸新人賞受賞
産経児童出版文化賞受賞

精霊に卵を産み付けられた皇子チャグム。女用心棒バルサは、体を張って皇子を守る。数多くの受賞歴を誇る、痛快で新しい冒険物語。

筒井ともみ著

食べる女

人生で大切なのは、おいしい食事と、いとしいセックス――。強くて愛すべき女たちを描く、読めば力が湧きだす短編のフルコース！

筒井ともみ著

舌の記憶

母手製のおはぎ、伯母のおみやげのマスカット。季節の食べものの味だけが、少女時代の思い出のよすが――。追憶の自伝的エッセイ。

小池真理子著

欲望

愛した美しい青年は性的不能者だった。決してかなえられない肉欲、そして究極のエクスタシー。あまりにも切なく、凄絶な恋の物語。

小池真理子
唯川恵
室井佑月
姫野カオルコ
乃南アサ 著

female（フィーメイル）

闇の中で開花するエロスの蕾。官能の花びらからこぼれだす甘やかな香り。第一線女流作家5人による、眩暈と陶酔のアンソロジー。

小手鞠るい著

欲しいのは、あなただけ

島清恋愛文学賞受賞

結婚？　家庭？　私が欲しいのはそんなものではない、あなた自身なのだ。とめどない恋の欲望をリアルに描く島清恋愛文学賞受賞作。

斎藤綾子著

ルビーフルーツ

激しくセックスに溺れ、痙攣するのが気持ちイイ。性の快楽を貪るバイセクシャルな女性たちを描いたアヴァンポップな恋愛小説集。

佐藤多佳子著

しゃべれども しゃべれども

頑固でめっぽう気が短い。おまけに女の気持ちにゃとんと疎い。この俺に話し方を教えろって？「読後いい人になってる」率100％小説。

篠田節子ほか著

恋する男たち

小池真理子、唯川恵、松尾由美、湯本香樹実、森まゆみ等、女性作家六人が織なす男たちのラブストーリーズ、様々な恋のかたち。

新潮文庫最新刊

しかたのない水《みず》

新潮文庫　い－79－2

平成二十年三月一日発行

著者　井《いの》上《うえ》荒《あれ》野《の》

発行者　佐藤隆信

発行所　株式会社　新潮社

郵便番号　一六二―八七一一
東京都新宿区矢来町七一
電話　編集部(〇三)三二六六―五四四〇
読者係(〇三)三二六六―五一一一
http://www.shinchosha.co.jp

価格はカバーに表示してあります。

乱丁・落丁本は、ご面倒ですが小社読者係宛ご送付ください。送料小社負担にてお取替えいたします。

印刷・大日本印刷株式会社　製本・加藤製本株式会社

ISBN978-4-10-130252-2 C0193